다른 이십대의 탄생

다른 이십대의 탄생

발행일 초판1쇄 2019년 5월 25일 | **지은이** 김고은 · 김지원 · 이동은
펴낸곳 북드라망 | **펴낸이** 김현경 | **주소** 서울시 종로구 사직로8길 24 1221호(내수동, 경희궁의아침 2단지) |
전화 02-739-9918 | **팩스** 070-4850-8883 | **이메일** bookdramang@gmail.com

ISBN 979-11-86851-94-4 03810 | 이 도서의 국립중앙도서관 출판예정도서목록(CIP)은 서지정보유통지원 시스템 홈페이지(http://seoji.nl.go.kr)와 국가자료종합목록시스템(http://www.nl.go.kr/kolisnet)에서 이용하실 수 있습니다.(CIP제어번호: CIP2019018108)

책으로 여는 지혜의 인드라망, 북드라망 **www.bookdramang.com**

다른 이십대의 탄생

청년들은

함께

지지고

볶고,

공부한다

김고은

김지원

이동은

BookDramang
북드라망

차례

프롤로그

차단하지 않으며 출구를 만들기

오래 전부터 알고 지낸 친구들과의 만남이 꺼려진다. 바쁘다는 핑계로 약속을 미루고, 몸이 안 좋다며 자리를 피한다. 어쩌다 나간 자리에선 거의 예외 없이, 늘 불편함을 안고 집으로 돌아온다. 예컨대 대화의 주제가 돈으로 시작해 돈으로 끝난다거나, 여자로 시작해 여자로 끝난다거나 하는. 어찌해야 할 바를 모르는 표정으로 그 자리를 '버티다가' 결국 조용히 자리를 뜬다. 하루는 친구에게 "이제 그런 대화를 하지 말자"고 불편함을 토로했다가, 모두에게 불편한 자리를 만들고, 친구와 사이가 틀어졌다. 이후로 웬만하면 입을 다문다. 모두를 불편하게 하느니, 나 혼자 불편하고 말자.

친구들을 설득하기에는 이미 거리가 생겨 버렸다. 이 같은 거리는 오프라인에서 맺는 관계뿐 아니라 온라인에서도 마찬가지다. 생전 만나 본 적도 없는 사람들과 논쟁을 하고, 논쟁을 할 필요도 없이 누군가를 '차단'한다. 오프라인과 온라인이 서로를 반영하며, '차단'이라는 간편한 기술을 신체화한다. 차라리 혼자가 되는 것이 익숙하고 편안해진다.

"그래서?"라고 물을 수도 있다. "난 전부 차단했어" "혼자 있는 게 뭐가 문제야?" "'함께해야 한다'고 말하고 싶은 거야?" "인간은 사회적 동물 운운하며? 그런 거야말로 구시대적 이데올로기 아니야?" 맞다. 함께하는 것이 근거없는 당위로 주어지면, 그것은 취향과 선택, 자유를 부정하기 시작한다. 그러나 반대편도 무언가를 부정하기는 마찬가지다. 함께는 개인을 부정하고, 개인은 함께를 부정한다.

"그래서." 우리는 친구들을 만나며 느낀 불편한 마음을 해소하기 위해 다시 온라인 공간을 찾고, '넷플릭스'를 찾고, 마음을 달래 줄 음식을 찾고, 게임을 찾는다. 원했든 원하지 않았든 사람을 만나고 대하는 능력을 잃어 버린다. 적극적으로 1인 마케팅의 대상이 된다. 편안함으로 계속해서 돌아감으로써, 역설적으로 우린 결국 자기를 돌보는 일로부터 멀어진다. '옳은 나'만 있고, '그른 세계'만 있다. 세계는 온전히 나쁜 것이 되고, 나는 온전히 옳은 것이 된다. 쿨-하게 세계를 차단한다.

하지만 우린 함께 존재하는 것을 피할 수 없다.

이런 나, 이런 세계는 분명히 어딘가 잘못되었다. 어디서부터 잘못된 걸까? 수많은 곳에서 수많은 방식으로 잘못되었다. 그러니 그 기원을 찾기보다 출구를 찾아보자. 어디를 통해서 나가면 되는 걸까? 무엇을 통해서 나아갈 수 있을까? 어떻게 '다른' 삶을 살 수 있을까?

* * *

이 책을 함께 쓴 고은, 동은과 나의 관계는 분명 이런 질문들에서 시작되었다. 우리 각자는 그런 출구를 찾다가 용인 수지에 있는 조그만 인문학 공동체 '문탁네트워크'(이하 문탁넷)에서 만났다. 주로 40~50대의 어른들로 이루어진 이 공동체에서 우리는 별 공통점이 없음에도 '젊은이들'로 묶여 함께 공부했다. 함께 공부한 시간이 쌓이며 우리는 〈길드다〉라는 청년 인문학 스타트업을 만들었다. 공부를 이어 가며 함께 수업을 하고, 행사를 기획하고, 더 많은 청년들과 함께하기 위해 노력한다. 그것도 모자라 이제 책을 함께 쓰기에 이르렀다!

그런데 이건 신기한 일이다. 한자리에 오래 머물지 못하는 이십대 사람 세 명이 용인 수지에 있는 조그만 인문학 공동체에서 만날 가능성이 얼마나 될까? 각자의 고민들을 안고 이곳에 찾아왔다지만, 대학도 직장도 아닌 이곳에서 몇 년간 함께 책을 읽고 글을 쓴다는 것은 또 얼마나 이상한 일인가? 무엇보다 앞서 늘어놓은 것과 같은, 이상한 세계를 살고 있는 우리 세 사람이 어떻게 서로를 차단하지 않을 수 있었을까?

아마도 첫째는 책-텍스트를 통해서다. 우리는 공동체에서 푸코, 마르크스, 스피노자, 공자, 장자와 같은 책을 읽었다. 세계에 대한 거대하고 막연한 질문들이 철학자들의 구체적이고 생생한 개념들로 모아졌고, 이 개념들은 우리가 당연하다고 여겨 왔던 세계를 다른 방식으로 해석할 힘을 주었다. 세계를 낯설게 보는 경험은 얼마간 우리에게 큰 충격을 주었고, 잠시나마 우리를 붙잡아 두었다. 그러나 이런 경험도 오래가진 않았다. 우린 금세 싸우기 시작했다. 생각해 보라. 난 고졸 목수였고, 고은이는 대학생이었고, 동은이는 백수였다. 여느 설문조사 '직업란'에나 쓸 법한 이런 대분류에서마저도 공통점이 없는 우리는 그야말로 너무나 다른 삶들을 살고 있었다. "왜 말을 그런 식으로 하냐?"고 싸우고, "왜 나를 이해해 주지 못하느냐"며 울고, 감정이 상할 땐 급기야 "표정이 왜 그러냐?"고 막말을 해댔다(물론 이건 좀 과장이 섞였다). 함께는 더 이상 세계가 요구하는 당위가 아니었고, 서로를 차단할 이유는 여전히 수만 수천 가지였다.

당연해 보이는 파행을 막은 두번째 이유는 우리가 같이 만난 사건-텍스트일 것이다. 예컨대 밀양 송전탑, 강정마을 해군기지, 세월호, 탈핵 운동과 같은 사건들은 우리를 함께 분노하게 했고, 함께 생각하게 했고, 공감하고 연대하도록 했다. 사건을 매개로 우리 각자가 가지고 있던 고집과 경계들이 물렁해졌고, 서로의 생각에 더 다가갈 수 있는 계기가 되었다. 이렇게 되자, 무엇보다 서로가 서로에게 읽어야 할 사건-텍스트라는 것을 깨달았다. 책을 읽기 위해서도, 사건을 만나기 위해서도 우린 서로를 읽을 수 있어야 했다. 왜 동은이는 말을 그렇게 하는지, 왜 고은이는 저런 표정을 짓는지, 왜 동은이와 고은이는 나를 이해하지 못하는지에 대해서 말이다. 그러나 그런 노력은 책-텍스트를 읽고, 사건-텍스트를 통해 서로를 계속해서 새롭게 만나는 지난한 시간 속에서만 해결될 것이었다. 신뢰와 우정은 그러한 과정에서 조금씩, 우리도 모르는 사이에 생겨났다.

그리고 이 책, 여기에 실린 열여섯 편의 글이 바로 세번째 이유다. 우리의 짧은 경험에도 불구하고 감히 말하자면 글쓰기는 공부와 삶을 연결하는, 또 세계를 읽고(세계-텍스트!) 세계에 개입하는 가장 구체적인 방법이다. 쓰는 일은 내가 무엇을 어떻게 읽고 있는지, 무엇을 놓치고 있는지 스스로에게 드러내는 일이다. 동시에 함께 쓴다는 것, 서로가 쓴 글을 읽고 생각을 나누는 일은 텍스트로서의 서로의 삶에 개입하고, 정당하게 변화를 요구하는 관계의 기술이다. 물론 이 또한 쉽지 않았다. 싸우고, 화내고, 울고, 달래며 그것을 아주 조금씩 터득할 수밖에 없었다. 이렇게 터득한 함께의 기술은 여전히 어설프지만 하나의 글로써 서로의 부분들을 반영하고 있다.

이 책에 담긴 글들은 그러한 함께-읽기, 함께-쓰기의 지난한 과정이다. 어딘가 이상한, 그러나 어디에서부터 잘못되었는지는 명확하지 않은 세계의 몇몇 부분들에 대한 우리의 구체적인 질문이다. 이 질문이 또 다른 누군가에게 하나의 질문이 될 수 있다면 좋겠다.

* * *

사실 '함께'는 나, 고은, 그리고 동은, 이 세 명만의 것이 아니다. 6년째 매주 읽기와 쓰기를 함께하고 있는 〈길드다〉의 사장님이자 스승님인 문탁 선생님이 있고, 또 다른 '젊은이'인 명식이 형과 우현이가 있다. 지난 1년간 함께-쓰기의 지난한 과정을 견뎌(?) 주신 문탁넷의 새털 선생님과 요요 선생님이 있다. 그 외에도 문탁넷의 안팎에서 같이 공부한 수많은 사람들이 여기에 어떤 식으로든 녹아 있다. 이는 우리가 서로를 차단하지 않은, 나아가 차단할 수 없었던 보다 강력한 마지막 이유다. 우리가 계속해서 더 큰 네트워크의 일부였다는 것. 우리가 넘치도록 받은 수많은 도움과 수많은 선물들 속에서만 이 모든 과정이 가능했다는 것을 빼놓을 순 없을 것이다.

함께는 아주 느리지만 우리도 모르는 사이에 조금씩 커져 누구의 것이라고 말하기 힘든 무엇이 된다. 그 무엇이, 우리의 출구가 아닐까?

2019년 봄, 늦은 밤, 길드다에서

김지원

내 길을 찾아 삼만리

1

글
김고은

똑똑이가 되고 싶어서 공부를 시작했다. 지금은 헛똑똑이가 되지 않기 위해 공부한다.
특별한 사람이 되고 싶어서 공부를 시작했다. 지금은 그저 인간답게 살기 위해서 공부한다.

1.

말을 찾아 삼만리

공립중학교에서 대안고등학교로 진학하게 되었을 때, 그 소식을 듣고 날 바라보던 성택이의 표정을 아직까지도 잊을 수 없다. 소위 '날라리'라 불렸던 성택이와는 3년간 같은 반을 하며 서로의 모습을 보고 자란 사이였다. 복도에서 마주친 내게 대안학교에 가냐고 묻는 성택이의 목소리는 심상했지만 표정은 당혹스러움으로 가득했다. 당시에 대안학교는 문제아들이 가는 곳이란 인식이 팽배했다. '나도 안 가는 대안학교를 네가 왜…?' 대안학교에 대해 잘 알았던 몇몇 선생님들도 의아해하기는 마찬가지였다. '자기주장이라곤 없어 보이는 평범한 모범생이 왜…?'

중학교에 들어가 받았던 첫번째 수업은 국어였다. 국어책 첫 페이지엔 삼형제에 관한 전래동화가 실려 있었고, 삼형제 중 막내의 이야기는 각자 상상해서 쓸 수 있게 되어 있었다. 국어책에 있는 활동이 으레 그러하듯 선생님마저도 활동을 대충 넘기려고 했지만, 중학교 첫 수업에 대한 감회가 남달랐던 나는 최선을 다해 이야기를 만들어 냈다. 그러나 스스로 그럴싸한 이야기를 지어 냈다는 뿌듯함은 그리 오래가지 못했다. 알고 보니 내가 쓴 것과 전과에 적힌 이야기가 완벽하게 일치했던 것이다. 이런 일은 종종 일어났는데 글짓기 대회라고 예외는 아니었다. 중학교 3학년 때 큰 산문대회에서 1등상을 수상했지만, 나중에 확인해 보니 2등상을 수상한 친구와 이야기 전개가 완전히 똑같았던 적도 있었다.

꽤 오랫동안 나는 학교가, 교과서가, 글쓰기 대회 주최 측이 만족해할 만한 이야기를 내 이야기처럼 했고, 나 스스로도 전형적으로 성공한 삶을 살 것이라 생각했다. 좋은 학교, 좋은 직장, 좋은 연봉을 모두 갖는 건 아주 당연한 일이라고도 생각했다.

모범생의 이름표를 달고 입을 꾹 다물다

중학교를 졸업할 무렵, 나는 대안학교로 진학한다는 사실이 알려지길 원하지 않았다. 대안학교로의 진학은 내 나름의 반항이었고, 내가 학교에 반항할 것이란 생각을 하는 사람은 없었기 때문이다. 내가 중학교에 가졌던 가장 큰 불만은 아이러니하게도 내가 이익을 누리던 부분이었다. 나는 선생님들에게 받는 편애의 수혜자였다. 매 학년의 새 학기가 시작되면 선생님들은 학생들을 더 꽉 잡기 마련이다. 3학년이 시작되던 때 나는 머리를 길게 기르고 있었다. 그러나 나보다 머리가 짧았던 '날라리' 친구는 매일같이 머리 길이로 지적을 받았다. 어느 날 학년주임은 그 친구의 머리를 막대기로 툭툭 건드리며 비아냥거렸고, 이에 분개한 그 친구는 나를 가리키며 분노에 차 소리를 질렀다. "재가 나보다 머리가 긴데 왜 나한테만 뭐라 그래요?!" 그러나 그 자리에서 혼났던 건 내가 아니라 그 친구였다. "이놈이 이게 무슨 말버릇이야!!"

공부를 잘하든 못하든, 교사가 바람직하게 생각하는 행동을 하든 그렇지 않든, 친구들은 제 나름 힘을 가지고 있었다. 한 친구가 반에서 기피의 대상이 된 적이 있었다. 현진이는 종잡기 어려운, 이리 튀고 저리 튀는 특수학급 친구였다. 그때 거침없이 현진에게 다가간 친구가 있었다. 성택이는 현진이를 가장 열심히 놀렸고, 가장 열심히 싸웠다. 덕분에 현진이는 반에 잘 적응하게 되었을 뿐 아니라 반의 트레이드마크가 되기도 했다. 상대를 가리지 않고 온몸으로 부딪히는 힘, 그것이 성택이가 가진 힘이었다. 이처럼 친구들이 가진 나름의 힘을 보고 느끼는 나로서는 편애를 받을 때마다 당당해지기는커녕 위축되는 건 당연한 일이었다. 선생님들의 편애 속에서 나는 '우수한 사람'이 되었고, 다른 친구들은 '남보다 못한 사람'이 되었다.

그렇다고 선생님들을 원망한 것은 아니었다. 잘살지 못하는 동네, 그래서 학구열이 높지 않은 동네에 있는 우리 학교의 학생들은 공부에 목을 매지 않았다. 나는 그런 점이 좋았지만 선생님들의 사정은 달랐다. 공부는 모든 일을 제치고 우선순위에 올랐다. 그러니 학생들이 선생님들을 우습게 여기는 것은 당연했다. 학생이 선생님에게 소외당하는 것과 마찬가지로 선생님은 학생에게 큰 상처를 받았다. 순둥이였던 가정 선생님은 학생들에게 자꾸 놀림을 당하자 교사가 된 지 3학기 만에 스타일을 바꿔서 나타났다. 샤랄랄라 했던 공주스타일에서 과도한 뽕을 장착한 '차도녀'스타일로, 강아지처럼 웃는 얼굴에서 까칠하게 남을 째려보는 얼굴로 변했다. 그야말로 '변신'이었다. 열정적으로 수업을 해주던 수학 선생님이 상처받은 표정으로 교실을 떠나는 일은 다반사였고, 복도에서 혼자 울고 있는 국어 선생님을 보는 것도 영 드문 일은 아니었다.

차라리 한편을 적으로 만들고 한편에 속했으면 좋았으련만 나는 선생님을 미워하지도 못하고 친구들보다 우위에 서지도 못하는 상태로 중학교 3년을 보냈다. 선생님은 왜 학생의 우열을 나누는지, 학생은 왜 선생님에게 상처를 주게 되는지 알 수 없었다. 내가 당시에 할 수 있는 것이라곤 모범생의 이름표를 단 채로 묵묵히 그 광경을 지켜보는 일뿐이었다.

내 말이 갖고 싶다

대안학교에 대한 정보를 흘리듯 말해 준 건 부모님이었지만, 그 얘기를 듣고 열심히 찾아본 건 나였다. 이 세상에 이런 곳이 존재한다니, 믿을 수 없었다. 새로운 교육을 위해 열정을 불태우는 학교, 학생에게 마음을 다하는 선생, 활동과 공부를 자치적으로 꾸려 나가는 학생! 그러나 실제 학교는 내가 생각한 모습과는 거리가 멀었다. 학생들은 겉으로는 모두 잘 지내는 것 같아 보였지만 사실은 그렇지 않았다. 이미 같은 중학교 과정을 밟은 친구들 주위를 타 중학교에서 진학한 친구들이 겉돌고 있었다. 나는 선생님과 이런 이야기를 나누고 싶어서 찾아갔는데, 생각보다 단호한 선생님의 반응에 당황하고 말았다. "그건 원래 그래. 시간이 지나면 해결될 거야." 귀찮다는 듯 무심하게 툭 내뱉은 말이었다.

대안학교라고 해서 더 특별한 건 없었다. 학생들은 자율으로 활동을 꾸려 가는 것처럼 보였으나 활동의 틀은 이미 갖춰져 있었으므로 사실은 관례를 행하는 것에 더 가까웠다. 배우는 내용도 수업의 분위기도 이미 고착화되어 있었으므로, 생동성이 없기로는 일반학교와 크게 다르지 않았다. 그러나 내가 가장 이상하게 생각한 것은 학교가 스스로에 대한 환상을 부풀린다는 것이었다. 당시 학교가 공중파의 다큐멘터리에 나오게 되었는데, 내가 속해 있던 반이 촬영의 중심이 되었다. 피디들은 시간이 갈수록 원하는 장면, 원하는 인터뷰 내용을 노골적으로 찍으려 했다. 그렇게 방송에 나간 학교의 모습은 아주 아름다웠다. 심지어는 누군가의 반항마저도 좋은 소재가

사진© 김명진

고등학교 때 청문회 '매너리즘에 빠진 학교, 재고해 봐야 한다'에서 메인 패널로 발표 중이다.

되었다. 반항아를 사랑하는 교사, 같이 보듬을 줄 아는 학교. 이런 학교야말로 내가 입학하기 전에 꿈꾸던 학교의 모습이 아니었던가.

나는 학교에 문제가 있다고 말하고 싶어 했다. 할 수 있는데 하지 않았다는 뜻은 아니다. 나는 말할 수가 없었다. 무엇이 문제인지 정확하게 짚어내지 못했다. 스스로도 말할 수 없었으니 다른 사람에게 설명하기란 불가능했다. 동아리, 학생회, 학년잡지 등 온갖 활동을 했지만 달라지는 것은 없었다. 스스로에 대한 답답함만 늘 뿐이었다.

우연찮게 들어간 총학생회도 마찬가지였다. 내 말을 이해하는 사람은 없었다. 그나마 다행이었던 것은 총학생회가 비효율적이지만 열정이 넘치는 곳이었다는 것이다. 모두들 내 이야기를 이해해 보려고 노력했다. 덕분에 나는 생각을 전달하기 위해 무진 애를 썼고, 그때 했던 이야기를 정리해 고등학교를 졸업하며 열었던 공청회에서 어설프게나마 학교에 문제제기를 할 수 있었다. 졸업식에 온 총학생회 선배는 그 소식을 들었다며 마침내 내 고민을 말로 정리해 낸 것을 축하해 줬다. "네가 그렇게 난리블루스를 치더니 결국 하고 싶은 말을 하긴 하는구나." 학교에 대한 생각을 정리하는 것이 곧 나에게는 학교 졸업과 같은 일이었다.

어딘가에 유토피아가 있지 않을까?

고등학교를 졸업하면서 나는 이런 생각을 했던 것 같다. '더 좋은 곳으로 가자. 어딘가에는 분명 내가 찾는 곳이 있을 거야.' 진보적인 교수진으로 유명한 사회과학부에만 원서를 넣었고 운이 좋게도 면접전형에 붙었다.

"최근에 무슨 책을 인상 깊게 읽었죠?"

"『상호부조론』이요. 대학에서 이런 걸 배울 거라고 생각하니 정말 신이 나고 기대돼요!"

처음엔 생각대로 대학의 구조적인 시야를 갖는 공부가 나에게 큰 도움이 되었다. 중학교·고등학교에서 이상하다 여겼던 것들을 그제야 이해할 수 있었다. 더이상 학년주임을 이해하지 못해 진땀 뺄 일도, 내가 나온 고등학교가 앞뒤가 다르다며 감정이 상할 일도 없었다. '교사가 학생을 공부로 우열을 가리는 것은 구조적인 문제였구나.' '입시로부터 자유롭지 못한 학교가 대안적인 교육을 하는 건 사실상 어려운 일이구나.' 고등학교에서 터부시되던 것들도 대학에선 수업의 주제가 되었다. 스무 살이 되기 전까지 나는 게이가 무엇인지 왜 욕으로 쓰이는지, 유리천장이 무엇인지, 핵발전소가 무엇인지 알지 못했다.

그러나 대학 역시 내가 상상했던 곳은 아니었다. 학교 수업에서 『상호부조론』 같은 책은 접할 수 없었다. 수업시간에 배우는 것은 둘 중 하나였다. 개론 교재 저자의 생각을 외우거나, 교수님의 생각을 외우거나. 내가 유일하게 좋아했던 교수님과 면담을 할 때 이런 이야기를 꺼냈더니 교수님이 말했다. "예전엔 그런 공부를 다 학생들끼리 했었는데…." 사실이었다. 학구열을 불태우는 친구는 찾기 어려웠다. 그러나 교수님이라고 크게 다른 것도 아니었다. 수업에 힘을 쏟는 교수님은 아주 손에 꼽았다. 공부를 열심히 하지 않는다고 해서 교내 활동이 활발한 것도 아니었다. 내가 스무 살이 막 되었던 2013년은 이명박을 이어 박근혜가 대통령이 된 해이다. 막막한 10대

강력했던 경찰의 바리케이드는 언제나 우리를 무력하게 만들었다.

후반과 20대 초반을 보냈기 때문인지 '무기력'은 우리의 화두였다. 진보적 학풍을 가진 우리 대학도 이를 피해 가진 못했다. 열성적으로 과격시위를 주장하던 동아리 친구는 어느 날부터 냉소를 띠더니 이런 말을 툭 던지기도 했다. "어차피 너네가 이래 봤자 아무것도 안 돼." 열정과 냉정은 동전의 양면이었다.

나는 그나마 학교에 사회문제에 관심 있는 사람들이 많다는 것을 위안으로 삼았다. 물론 그 사람들과 활동을 해보기 전까지 말이다. 우리는 같은 것을 문제로 여기고 같은 목표를 향해 갔지만 뭔가 달랐다.

"이런 경우엔 시의적절하게 사건이 하나 터져 주는 게 좋죠."

"필요할 때 이 친구를 움직이면 됩니다. 체스말과 같이요."

하루는 수업을 듣던 중 친구에게 이런 말을 전해 듣기도 했다. "SNS에 네 욕 올라온 것 같던데?" 알고 보니 내가 친구들과 송전탑 싸움 지지를 위해 밀양에 가려고 계획했던 것을 아니꼽게 본 것이었다. 자신들의 조직 활동에 방해가 된다는 이유 때문이었다.

대학교 생활이나 공부를 재밌어 하는 사람은 거의 없었다. 간신히 버틴다는 이야기를 왕왕 들을 수 있었고, 학교를 휴학하고 싶다거나 그만두고 싶다는 이야기는 그보다 더 자주 들을 수 있었다. 나도 그중에 하나였다. 그럼에도 불구하고 잘 버티는 친구들도 많았건만 나는 2학년 2학기에 휴학해 버렸다. 교수에게 배우는 공부도, 학교 사람들과 함께하는 활동도 나에게 새로운 에너지를 만들어 주지 않았다. 어느 순간 같은 말들을 반복하는 나를 발견했다. 새로운 말을 찾기는커녕, 가지고 있던 말도 다 뭉개질 것만 같았다.

내 말을 찾아 삼만리

휴학을 하고 친구와 함께 찾아간 곳은 남산 아래에 있는 달동네, 해방촌이었다. 그곳엔 함께 모여서 마을 커뮤니티를 이루고 사는 사람들이 있었다. 해방촌엔 멋진 사람들이 많았다. 돈·학벌·권위의 특권으로 자신을 치장하지 않았고, 특출난 사람이 되기 위해 자신을 과시하지도 않았다. 방은 좁았고 살림살이는 멀끔하지 못했다. 옷차림은 간소했고 세련되지도 않았다. 다들 조금씩 빈티가 났다. 나는 그런 빈티가 좋았다. 그것은 새 것을 늘 소비하지 않는다는 의미이기도 했고, 풍족함을 찾지 않고 부족할 줄 안다는 의미이기도 했고, 부족하므로 함께 살며 나누고 있다는 의미기도 했다.

동거인 윤지와 함께했던 시간들도 나를 풍족하게 만들었다. 한겨울에 보일러 틀지 않고 덜덜 떨며 아침 맞기, 한 달에 한 번 벌벌 떨며 치킨 사 먹기, 과자 한 봉지 안주 삼아 막걸리 먹기. 아마도 그 나이에 떨 수 있는 궁상이란 궁상은 다 떨었던 것 같다. 우리는 함께 조각해 나가듯이 대화를 했다. '뭘 하든 쓰레기를 많이 만들지 않겠어'와 같은 행동강령부터 '무엇을 가치관으로 삼을 것인가'와 같은 삶의 방향까지.

대학교에서 교내 활동을 하는 것보다 마을에서 사람들을 만난 시간이 더 즐거웠다. 대학교에서 받는 수업보다 윤지와 나눴던 대화가 내 언어를 훨씬 풍요롭게 했다. 대학교 밖에서 더 많은 사람을 만나고, 삶의 구체적인 언어를 찾을 수 있다면 굳이 감당하기 버거운 돈을 내면서 대학을 다닐 필요가 없었다. 나는 대학생이라는 사회적 안전망 없이도, 대학교를 졸업했다는 증표 없이도 잘 살고 싶었다. 결국 대학을 자퇴했다. 그리고 이미 몇 년간 드나들었던 문탁네트워크에 다시 찾아갔다. 나는 더이상 어딘가에 멋진 세상이 있을 것이라고 기대하지 않았다. 새로운 세상이 어디에 있는지를 갈망하기보단 나에게 무슨 문제가 있는지, 내가 어떻게 살아야 하는지가 더 시급한 문제가 되었다. 이대로 가다간 평생 떠돌게 되지 않을까 걱정했던 것이다.

2.
참견의
힘

문탁네트워크에서 '공부'를 하겠다고 들어온 내게 내려진 첫 미션은 '수행'이었다. 사실 이 수행은 내가 아닌, 나와 동갑내기 친구 동은이 받은 제안이었다. 규칙적인 생활을 하지 못하는 동은에게 문탁샘이 말했다. "100일 동안 아침에 일찍 일어나기만 하면 너는 곰에서 사람이 될 수 있어." 그런데 때마침 동은이와 또래인 내가 대학을 자퇴하고 갈 곳이 없어졌으니, 나도 수행에 동참해 보라는 이야기를 듣게 된 것이다.

쓰레기봉투만
찾지 못한 게 아니라

수행의 일과는 아주 단출하다. 아침 아홉 시까지 문탁넷에 도착하기 위해 일곱 시 반쯤 집에서 나온다. 보통은 한 시간 남짓이면 공간에 도착하지만, 이른 시간엔 출근시간이 겹쳐 30분이 더 걸린다. 도착해 문을 열고 청소를 마치고 나면 집으로 돌아가기 전까지 공부방에 틀어박혀 있기로 다짐한다.

여느 때처럼 화장실 청소를 끝내고 뒷정리를 하던 중이었다. 쓰레기봉투에 쓰레기를 담아 누르고 또 눌렀지만 그날은 더이상 눌러지지 않았다. 백일수행을 시작한 건 내가 문탁넷에서 세미나를 시작한 지 이미 2~3년이 지났을 때였다. 그동안 나는 청소기도 돌리고, 접시도 닦아 왔기 때문에 이 공간을 잘 모른다고 생각해 본 적이 없었다. 그런데 아뿔싸, 나는 쓰레기봉투가 어디 있는지 찾을 수 없었다. 따지고 보면 내가 모르는 건 쓰레기봉투의 위치만이 아니었다. 걸레 건조대가 어디 있는지는 알았지만 마른 걸레들을 어디에 정리해 두는지는 몰랐다. 화장지가 어디 있는지는 알았지만 누군가들이 항상 화장지를 선물한다는 건 몰랐다.

문득 세미나 뒷정리를 잘하지 않는다고 혼났던 일들이 떠올랐다. 나는 잔소리라며 듣는 둥 마는 둥 흘려 보내고는 이렇게 생각했다. '작은 거 하나쯤 안 치우는 게 뭐 그리 대수겠어?' 늘 공간에 상주하며 청소하시는 게으르니샘이 나에게 물건을 주던 일도 생각이 났다. "이 색연필 굴러다니던 건데, 필요하면 가질래?" 게으르니샘은 분실물을 얼마나 줍는지, 근 몇 년간 필기도구를 사 본 적이 없다고 했다. 공간을 매일같이 청소하다 보니 나도 길 잃은 물건들이 보이기 시작했다. 작은 서랍에는 손톱깎이나 연고 같은 생활용품뿐 아니라 누가 쓰다 만 파란 동그라미 스티커, 주인 잃은 USB도 있었다.

누군가는 연필 하나 흘리고 가는 것이지만, 모두가 한 개씩 흘리고 가면 모여서 잡동사니 산을 이루게 된다는 것을 그제야 알았다. 게으르니샘은 전래동화 '금도끼 은도끼'의 산신령마냥 버려진 물건들을 주워 적절한 사람들에게 보내주었다. 샘이 길 잃은 물건을 발견하고, 필요한 것과 불필요한 것을 분류하는 건 매일같이 공간에 머무르기 때문에 가능한 일이었다. 매일같이 공간에 있다 보니 나 또한 곧 "여기 혹시 두꺼운 색도화지 같은 거 있을까?" 하는 질문에 답을 해줄 수 있게 되었다. 이제야 비로소 이곳을 삶의 근거지로 삼는 사람, 그러니까 터전에 머무는 사람이 된 것 같았다.

"왜 혼자 밥 먹으러 가요?"

백일수행을 하는 동안 나는 공부를 열심히 했다. 때마침 중국고전 공부를 시작하게 되었는데, 한문을 읽기 위해서 적잖은 공부양이 필요했다. 그때 했던 생각은 딱 하나였다. '공부를 열심히 하자!' 문탁네트워크는 '인문학' 공동체이니까 공부를 더 잘하기 위해 수행을 하는 건 당연하다고 생각했다. 할 공부는 많았기 때문에 늘 시간에 쫓기며 숨가쁜 나날을 보냈다. 입시를 준비할 때 나는 미친 듯이 공부했다. 잡생각하는 시간을 제외하고도 하루 공부시간이 열 시간 이상일 정도였다. 덕분에 모의고사에서 상위권에 들 수 있었지만 정상적인 생활은 할 수 없었다. 엎드려 잠깐 눈을 붙이면 몸이 땅 밑으로 꺼지는 듯했고, 낮잠을 잤다 하면 무조건 가위에 눌렸다. 이런 상태로 공부를 계속하는 게 비정상적이라고 느껴 중도에 입시를 그만둔 것이었는데, 또다시 스스로를 몰아가며 공부를 하고 있자니 뭔가 이상했다.

나는 공부방에서 숨가쁘게 공부했지만, 사실 문탁넷의 공부방은 여느 독서실처럼 숨 막히는 분위기는 아니었다. 공부방에서 나는 주로 풍경샘 맞은편에 앉았다. 풍경샘은 나에게 궁금한 게 많았던 것 같다. 공부하던 중간에, 밥 먹고 난 뒤에, 잠깐 물을 뜨러 간 사이에도 항상 말을 거셨다. "나이 많은 사람들과 지내는데 외롭지는 않니?" "공부는 어떻게 해? 이런 건 참 어렵지 않아?"

비단 풍경샘만이 아니었다. 문탁넷의 대부분의 선생님들은 한마디씩, 공부방에 자주 계시는 선생님들은 여러 마디씩 질문하고 말을 걸었다. 함께 쓰는 공간에서 누군가가 버린 한 개의 물건이 모여 잡동사니더미를 이루게 되는 것처럼, 함께 지내는 공간에서 누군가가 한 질문이 한 개씩 모여 질문더미가 되었다. 사람들은 그동안 내가 혼자 알아서 하던 것, 누군가와 공유해 본 적이 없었던 것들에 대해 물었다. 내 영역을 침범당하는 것 같다고 느

문탁넷의 공부방에는 많은 선생님들이 함께 공부한다. 대부분의 시간 각자 자신의 공부에 열중하지만, 허리를 펴고 휴식을 취할 때면 말소리가 끊이지 않는다.

꼈던 나는 질문을 받을 때마다 웃으면서 어물쩍 상황을 넘기곤 했다.

여느 때와 같이 밥 시간이 되어 주방으로 가려는데 뽈옹샘이 말을 거셨다. "왜 혼자 밥 먹으러 가요?" 아주 친한 몇몇의 사람이 아니면 같이 밥 먹는 게 불편해 차라리 굶고 마는 내가, 한 공간에 있었을 뿐이었던 사람에게 함께 밥 먹으러 가자는 말을 할 리가 없었다. 어리둥절해하는 날 보고 뽈옹샘은 이어서 말했다. "공부방에 같이 있었는데 같이 먹어야지." 같은 공간에 있었다는 것만으로도 같이 밥을 먹는 사이가 된단 말인가? 공간에 오래 있으면서 스스로가 터전에 머무는 사람이 되었다고 생각했는데, 아무래도 그것이 전부가 아닌 모양이었다.

씹고 뜯고
맛보고 즐기고

문탁네트워크에는 주말에 초등학생들과 한문 원전을 읽는 프로그램이 있다. 나는 어느 날부터 이 프로그램에 인턴으로 참여하게 되었다. 초등서당을 함께 진행했던 진달래샘과 게으르니샘도 다른 선생님들과 마찬가지로 나에게 많은 걸 물어봤다. 나는 참 이상하다고 생각했다. '일이 잘 돌아가기만 하면 되는 게 아닌가? 이런 대화를 할 필요가 있나?' 내가 별 대답을 하지 않으면 선생님은 나에게 자신의 이야기를 해주었다. 그리고 다시 또 물었다. "해보니까 어때?" 자꾸 물으니 조금 귀찮다는 생각을 했지만 선생님들은 아주 끈질겼고, 나는 선생님들의 한결같은 모습에 항복할 수밖에 없었다. "글쎄요. 뭘 해야 될지 잘 모르겠어요."

게으르니샘은 엄청난 무게감으로 학동들을 압도했고, 진달래샘은 상황을 유동적으로 조정하며 분위기를 풀었다. 이미 좋은 호흡을 맞추고 있었던 선생님들 사이에서 나는 내 역할을 찾지 못하고 방황하고 있었다. 설상가상으로 그전까지 나는 한 번도 누군가에게 선생님이었던 적이 없었을 뿐만 아니라, 의식적으로 나이 어린 사람들에게 선생님보단 친구가 되려고 노력하곤 했다.

한 번 이야기를 꺼내니 두 번 이야기하는 것은 어렵지 않았다. 게으르니샘은 내 이야기를 들으시면 너무나 공감한다는 듯 큰 한숨을 내쉬었고, 진달래샘은 내 이야기에 자신의 경험을 덧붙여 주었다. 각 잡고 하는 공식 회의에서 나눈 이야기가 아니라 같은 공간에 있다가 우연찮게 나누게 된 이야기들이었지만, 어찌 보면 이것이 곧 회의이기도 했다. 수업을 원활하게 진행하는 데, 파트너가 합을 맞추는 데 이보다 더 중요한 이야기가 어디 있을까? 선생님들과 나눴던 이야기들 덕분에 나는 3년 동안 초등서당에서 학동들을 가르칠 수 있었는지도 모른다.

나는 초보 선생님이었기 때문에 배려를 받은 것이었지만, 많은 경우 문탁넷에서 나누게 되는 대화들은 대개 순탄하게 이뤄지지 않는다. 사람들은 주제가 무엇이든 간에 그에 대해 묻고(問), 쪼았다(琢). 예컨대 한번은 문탁넷에서 황윤 감독님을 초대해 감독님의 작품인 환경다큐멘터리 〈잡식가족의 딜레마〉를 보고 이야기를 나눈 적이 있었다. 다큐멘터리를 상영한 뒤 사람들은 쟁쟁하게 토론을 이어 갔다. 이를 본 황윤 감독님은 깜짝 놀라 물었다. "저기… 다들 내일이면 또 얼굴 볼 사이들 아니세요…?" 문탁넷을 잘 모르는 사람들이 보면 묻고 쪼는 모습이 마치 서로를 씹고 뜯고, 괴로워하는

이웃 인문학 공동체 〈남산강학원〉에서 열린 낭송대회에 가르치던 초등학생들과 함께 출전했다.

모습을 맛보고 즐기는 것처럼 보이나 보다.

하지만 문탁네트워크 사람들은 이래야만 그 상대가 다듬어지고, 자신도 다듬어진다고 생각했다. 그렇게 많은 사람들이 묻고 쪼아 다듬어진 것이어야만 문탁넷의 공통의 활동이 되고, 활동들이 모두의 공통감각이자 넘치는 에너지의 기반이 되었다. 그러니 누군가에게 묻지도, 쪼지도 않았던 나는 홀로 '독서실'에 앉아 있었던 것이나 다름없다. 남들이 공부방에, '터전'에 머무는 동안 말이다.

참견대장
이동은

백일수행에서 처음 마주치게 된 동은은 난생처음 만나 보는 인간상이었다. 동은과 나는 나이만 같았을 뿐이지 접점은 전혀 없었다. 이 친구는 정말로 규칙적인 생활습관 갖기를 어려워했다. 동은이는 언제나, 단 5분이라도 지각을 했다. 처음엔 일정한 생활습관을 갖지 못하는 동은을 내가 닦달하기만 했다. 10분만 일찍 나오는 것이 뭐가 그렇게 어렵냐, 스스로에게 떳떳해야 하지 않겠냐…. 그러다가 동은이는 언젠가부터 울기 시작했고 나는 마음이 약해져서 열심히 달랬다. 쉽지 않을 수 있다, 스스로를 너무 책망 마라….

선생님들에게 질문받는 것이 어느새 익숙해졌기 때문이었을까. 어느 날 나는 동은이에게 평소에 묻지 않던 것을 물었다. "오늘은 뭘 하다가 20분이나 늦었어?" 한편으로 나는 '이런 것까지 물어봐야 하나' 생각했지만, 질문을 받은 동은이의 반응은 내 예상과는 달랐다. 동은이는 울음을 그치고,

죄스러운 얼굴 짓기도 그만두고, 활기를 띠고 자기 얘기를 하기 시작했다. 그즈음부터 우리는 본격적으로 백일수행 이야기를, 그러니까 터전에서 희귀한 청년으로 생활하는 것에 대한 애로사항을 나누기 시작했다.

그렇다고 이 친구가 갑자기 곰에서 사람으로 변신한 건 아니었다. 여전히 동은은 지각을 했다. 내 백일수행의 가장 큰 화두는 동은이였다. '자꾸만 나와의 약속을 어기는 이 친구를, 때론 너무 울고 때론 너무 당당한 이 친구를 어떻게 대해야 할까!' 사주상으로 동은이와 나의 기질은 상반된다고 했다. 그래서일까 내가 동은이가 어려워하는 것을 거뜬히 했다면, 동은이는 내가 쉽게 하지 못하는 일을 아무렇지 않게 하곤 했다. 산책을 같이 가면 내가 고개를 끄덕이고 있는 동안 동은이는 쉼 없이 말을 한다. "내가 지난 주말에 재밌는 걸 봤는데…." "어머 이 꽃 좀 봐! 너무 예쁘다!!" 맛있거나 예쁜 것을 보고 지나치는 일이 없고, 사람들 대화하는 데 안 끼는 데가 없다.

앞만 보고 걷느라 아는 사람이 지나가도 잘 모르고, 내 할 일 하느라 남들에게 크게 관여하지 않는 나와는 달랐다. 동네 고양이들 일광욕에까지 참견하느라 지각하기도 하는 동은은 가히 참견의 대장이라 부를 수 있을 정도다. 어느 날부터 나는 동은을 따라 열심히 오지랖을 부려 보기로 했다. 동은이 존재감을 뽐내듯 큰 소리로 사람들에게 인사하는 것처럼, 나도 사람들을 피하지 않고 인사했다. 동은이 할 일이 있어도 사람들이 모여 있으면 꼭 그 사이에 껴 있는 것처럼, 나도 밥 먹고 공부방에 가기 전에 사람들 사이를 어슬렁거렸다.

열심히 한다고 능사는 아니야

동은을 열심히 따라한 덕인지, 백일수행이 끝날 즈음 나는 처음으로 프로그램을 하나 진행하게 되었다. 사람들과 수다를 떨다가 누군가에게 아침 운동이 필요하다는 이야기를 들었고, 마침 나는 운동하는 것을 좋아하니 자연스럽게 아침 운동하는 프로그램을 만들기로 했다. 화려한 언변이 아니어도, 세련된 포스터가 없어도 나는 사람들과 새로운 일을 꾸릴 수 있었다.

그동안 나는 문탁네트워크는 '인문학' 공동체이지만, 인문학 '공동체'이기도 하다는 걸 간과하고 있었는지도 모른다. 아니 '공동체'가 무엇인지 몰랐는지도 모른다. 공부양이나 공부시간이 적다고 불안해했지만, 그것은 공부를 '나 혼자 하는 것'이라고 생각했기 때문이었다. 생각해 보면 내가 공부할 시간이 부족하다고 느꼈던 것도 문탁넷이 독서실이나 학원이 아니기 때문이었다. 사람들과 오랜 시간을 보내지 않으면, 그러니까 회의하듯 수다 떨듯 일상에서 이야기를 나누지 않으면 공동체에서 일을 꾸려 나갈 수 없다. 그러므로 내 일만 잘하면 되는 것이 아니라 남의 일에 참견할 줄 알아야 했다. 이것을 깨달은 것은 백일수행이 끝나갈 때 즈음이었다.

대학교를 휴학하고 찾아갔던 해방촌에서 정착하지 않았던 건 사실 그곳에 적응하지 못했기 때문이었다. 공식적인 행사에 빠짐없이 참석했지만 사람들은 늘 내가 모르는 이야기를 했고, 나는 그 주변을 겉돌았다. 문탁넷에서도 마찬가지였다. 처음 백일수행을 시작했을 땐 해방촌에서 지내는 것과 별반 다르지 않았다. 터전에선 공지에 올라간 것보다 더 많은 이야기들이 떠돌았다. 나는 뭐든 열심히 했으니까 스스로를 능동적인 사람이라고 생각해 왔는데, 사실은 그렇지 않을지도 모르겠다는 생각이 들었다. 내게 주어지는 조건, 내가 할 수 있는 것만 보고 열심히 했던 것은 아니었을까? 중학교와 고등학교·대학교를 비판하는 것은 쉬웠지만, 그곳들을 나와 내 목소리를 낼 수 있는 활동을 꾸리진 못했다. 처음 백일수행을 하면서도, 초등서당을 하면서도 주어진 일만 깔끔하게 처리하면 된다고 생각했던 것이다.

백일수행이 끝난 지 한참 된 지금, 여전히 나는 능동적이지는 않은 것 같다는 생각을 종종 한다. 무언가에 한참 집중하다 보면, 또다시 내 말은 먹고 남의 일엔 간섭하지 않고 주어진 일만 열심히 하고 있는 나를 발견한다. 동은이 아직 곰에서 사람이 되지 않은 것처럼, 나 역시 아직 백일수행이 끝나지 않은 듯하다.

3.

공자 씨,
그동안 오해가 많았습니다

정신 차리고 보니
동양고전 공부 중

동양고전 공부를 시작하게 된 건 우연이었다. 정신 차리고 보니 한자로 된 책이 내 손에 쥐어져 있었고, 다시 정신을 차리고 보니 동양고전 공부를 시작한 지 2년이 지나 있었다. 시간은 눈 깜짝할 사이에 흘렀지만 실력이 눈에 띄게 좋아진 것 같진 않다. 문탁네트워크의 원문을 암송하는 세미나에서 『논어』로 한 페이지짜리 글을 쓰는 데도 어려움을 겪고 있다. 내 글을 보고 고전공부를 같이하는 선생님들은 맥락을 잘 파악하지 못했다 하고, 같이 활동하는 친구들은 꼰대 같은 문장을 들고 왔다며 눈총을 준다.

사실 내 친구들만 동양고전을 보고 '꼰대 같다'며 눈살을 찌푸리는 건 아니다. 인터넷에 『논어』나 공자에 관련된 정보를 찾다 보면 세대별로 동양고전을 어떻게 받아들이고 있는지 알 수 있다. 40~50대의 사람들은 글을 쓸 때 원문을 꽤나 자주 인용하는데, 보통 자신의 의견에 권위를 부여하느라 사용한다. 그래서인지 오역이 빈번한 글은 물론, 『논어』를 '공자가 쓴 책'으로 소개한 글도 있다. 반면 20~30대 사람들의 글에선 한자라곤 전혀 찾아볼 수 없고, 가부장적인 사회를 만든 주범으로 유학과 공자를 지목하는 내용이 대다수다.

그런데 생각해 보면 나야말로 동양고전에 적대적인 감정을 품을 만한 사람이었다. 대학교에 들어가서 나에게 가장 큰 영감을 줬던 건 페미니즘 공부였다. 나는 내가 알고 있는 세계가 전부가 아니라는—머리를 망치로 한 대 얻어맞은 것 같은—강한 충격을 받았다. 그때부터 위계적인 가부장

문화를 따르지 말아야겠다고 다짐했고, 꼰대와 대적하는 것이 몇 년간 내가 선택한 삶의 방식이었다. 한때 몇몇 커뮤니티의 20대들이 모여 여행을 가기 위해 준비를 한 적이 있었다. 그때 만난, 나보다 열 살이 많은 병철은 초면에 나에게 반말을 툭 던졌다. 나는 병철이 무례하다고 생각해 같이 말을 놔 버렸다. 훗날 그는 나와의 첫만남을 이렇게 회고했다. "뭐하는 애인가 싶었지. 아주 황당했어."

깍두기의 피, 땀, 눈물

지금 와서는 어쩌다 동양고전을 같이 공부할 친구를 찾게 되었을까? 대학교 자퇴가 사건의 발단이었다. 백수가 되고 문탁네트워크에 들어왔으니, 앞으로 무슨 공부를 할 것이냐는 독촉을 받았다. 나는—별 고민 없이—'왜들 동양고전 공부를 하지? 뭐가 있나? 나도 해볼까?'라고 생각했고, 이 생각은 내 의지와 별개로 걷잡을 수 없이 거대해져서 되돌아왔다. 졸지에 문탁네트워크의 『장자』 강독 수업에서 열심히 졸다가 서울로 한문유학을 가게 된 것이었다. 문탁네트워크의 '싸부'이자 서울에서 인문학당 상우를 운영 중이신 우샘은 서울로 유학 온 나를 처음엔 '깍뚜기'라고 소개하셨다.

내가 서울에서 들었던 수업은 '삼경스쿨'이었다. 그 당시엔 한문 좀 한다던 사람들이 모여 있었다. 하지만 나는 한문은커녕 한자에 관해서도 보통 사람 이상으로 무지했다. 내가 한자로 쓰인 책을 못 알아보는 건 하등 이상할 게 없지만, 국어로 말하는 선생님의 이야기도 알아들을 수 없다는 건 좀 이상했다. 보이는 것도 들리는 것도 없으니 복습도 예습도 할 수 없었고, 내가 할 수 있는 것이라곤 매번 수업하기 전에 보는 『천자문』 한자시험을 준비해 가는 것이었다. 한 주에 몇 십 자의 한자를 외워 갔는데, '之'자도 모르던 내게 한자 외우기란 정말 곤욕스러웠다. 혼자서 문탁넷의 공부방에서 열심히 한자를 쓰고 있을 때 풍겸샘은 내가 쓴 한자를 보고 (비)웃으며 지나가곤 하셨다. "크하하 이게 한자니, 발그림이니?" 나는 한자를 잘 모를 뿐만 아니라 한자를 쓰는 데도 오랜 시간이 필요했으므로 일주일 내내 한자만 외워야 시험날 겨우 다 쓸 수 있었다.

이렇게 백일 정도가 지나자 그 노력을 인정받아 깍두기에서 벗어나게 되었다. "네가 죽자 살자 외워 오는구나." 그러나 나는 우샘의 말이 다음 과제를 주겠다는 의미일 거라곤 전혀 상상하지 못했다. 숨 막히는 중압감이 해소되었을 무렵, 우샘은 덜컥 『천자문』 강독을 맡기셨다. 삼경스쿨은 돌아가며 수업을 준비해 오고 우샘이 보강해 주시는 방식으로 진행된다. 이때 수업을 준비해 온 사람이 한문 읽는 것을 '강독'이라고 부른다. 한문을 읽으면 내용을 얼마나 잘 이해하고 있는지 티가 나기 때문에 꼼수를 부릴 수가 없다. 준비를 덜 해오거나 그동안 공부를 얼마나 안 했는지가 훤히 드러나기 때문이다.

내가 수업을 진행해야 한다니, 아찔했다. 수학의 부호를 겨우 막 익힌 학생이 수학응용문제를 사람들 앞에서 풀게 된 것이나 다름이 없었다. 나는 수업에 민폐를 끼칠지도 모른다는 걱정에 극도의 긴장상태가 되었다. 밑천이 바닥이라는 걸 보이게 된다는 창피함을 느낄 새도 없었다. 강독준비는 마치 깜깜한 동굴에서 더듬더듬 손 감각에 의지해 앞으로 나아가는 것과 같았다. 할 줄 아는 게 없었던 나는 또다시 무식하게 시간을 들이부었다. 사실 당시의 삼경스쿨 멤버들이 모두 공부를 열심히 했던 건 아니었다. 그러나 눈치가 없는 나는 그러한 사실을 전혀(!) 몰랐고, 그 덕분에 홀로 중압감에 시달리며 강독을 준비해 나갔다.

우여곡절 끝에 『천자문』 강독을 무사히 마칠 수 있었지만, 그 뒤로도 나는 틈만 나면 시험대에 올랐다. 한자 띄어 읽기나 어조사나 종결사 같은 기본문법을 배울 기회가 없었다. 원문에 있는 동그라미가 뭘 의미하는지, 주석이란 게 뭔지, 창피해서 묻지 못했던 것들도 많았다. 그럴 때마다—눈치를 잘 못 보는 편임에도 불구하고—있는 능력 없는 능력 다 발휘하여 눈치껏 익히는 수밖에. 그렇게 1년이 지나자고 나서야 삼경스쿨 세미나 시간에 멍 때리지 않게 되었다. 그러니까 책의 어디를 하는지 몰라서 남들 고갯짓을 따라 페이지를 넘기다가, 뜻은 이해하지 못해도 눈으로 글자를 좇을 수 있기까지 1년이 걸렸단 말이다.

공자 씨,
그동안 오해가 많았습니다

책의 내용이 눈에 들어오기 시작한 건 '하얀 건 종이요 검은 건 글씨군'의 시간을 1년 보내고 났을 때쯤, 그러니까 내가 한자공책에 쓰는 것이 발그림이 아니라 문자가 되었을 때쯤이었다.—풍경샘 왈, "어머 고은아, 네가 드디어 환골탈태했구나!" 삼경스쿨에선 『천자문』을 떼고 『논어』를 배우고 있었다. 사실 나는 대부분의 구절을 이해하지 못했지만, 시간이 흐르면서 드문

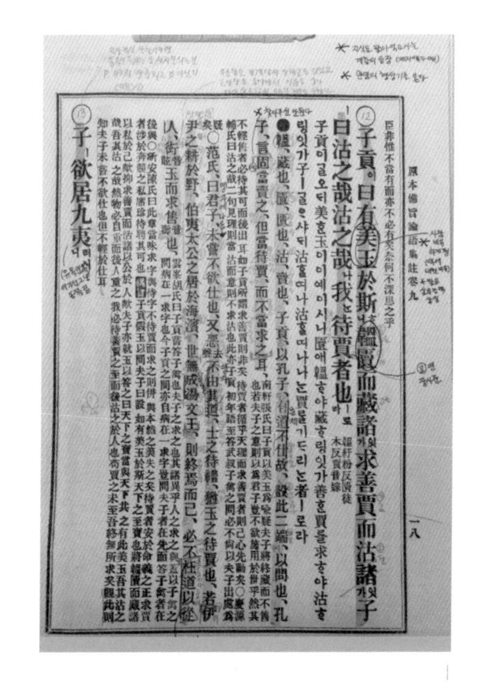

原本備旨論語集註卷九

一八

臣非惟不當有而亦不必有又奈何不深思之乎

⑫子貢이曰有美玉於斯ᄒᆞ니韞匵而藏諸가잇가求善賈而沽諸가잇가子ㅣ曰沽之哉沽之哉나我ᄂᆞᆫ待賈者也ㅣ로라 韞紆粉反匵徒木反賈音嫁

子貢이ᄀᆞᆯ오ᄃᆡ美ᄒᆞᆫ玉이이예이시니匵에韞ᄒᆞ야藏ᄒᆞ링잇가善ᄒᆞᆫ賈를求ᄒᆞ야沽ᄒᆞ링잇가子ㅣᄀᆞᆯᄋᆞ샤ᄃᆡ沽ᄒᆞᆯ띠나沽ᄒᆞᆯ띠나나ᄂᆞᆫ賈를기ᄃᆞ리ᄂᆞᆫ者ㅣ로라

韞、藏也、匵、匱也、沽、賣也、子貢、以孔子、有道不仕故、設此二端、以問也、孔子、言固當賣之、但當待賈、而不當求之耳、南軒張氏曰子貢以美玉爲喩疑夫子將終藏而不售也若夫子之意則以爲君子豈不欲施用於世乎然其不輕售者必待其可而後出耳如子貢所謂求善賈則非矣待賈者循乎天理而求善賈者則己心先動矣○慶源輔氏曰沽之哉二句見理則當沽而意則不求沽也此亦子貢初年語至答武叔子禽之問必不復以夫子出處爲疑矣

○范氏曰君子、未嘗不欲仕也、又惡去聲不由其道、士之待禮、猶玉之待賈也、若伊尹之耕於野、伯夷太公之居於海濱、世無成湯文王、則終焉而已、必不枉道以從人、衒音眩玉而求售音壽也、雲峯胡氏曰子貢嘗答子禽也夫子之求之也其諸異乎人之求之與蓋以子禽之問病在一求字也今子貢之問亦自病在一求字豈問夫子者在先而答子禽者在後歟○新安陳氏曰此章當味求字與待字不待賈而求之則併與本然之美失之矣待賈者安於命義之正求賈者涉於奔競之私席珍待聘其可也 子貢假玉以問夫子曰設如有美玉於斯天下之至寶也將韞匵而藏諸以私於己歟抑求善賈而沽諸以公於人歟夫子亦就玉以答之曰天下之寶當與天下共之有此美玉吾其沽之哉吾其沽之哉然物必自重而後人重之我必待善賈之至而後沽之於人也而賈之未至吾終無所求矣觀此則知夫子未嘗不欲仕也但不輕於仕耳

⑬子ㅣ欲居九夷ㅣ러시니

깨알같이 작은 글자를 보고 또 봤다.

드문 귀에 들어오는 구절이 늘어나고 있었다.

삼경스쿨에서 『논어』를 주자의 주석본으로 수업을 듣다 보면 공자가 세상에 둘도 없는 성인처럼 보인다. 공자는 때로 자신이 중요하다고 생각하는 실천 강령들을 써놓고 마지막에 "어찌 나에게 이런 것들이 있겠는가"(何有於我哉하유어아재; 『논어』「술이」 2장)로 말을 마무리한다. 그럴 때마다 주자는 겸손하고 또 겸손한 말이라며, 공자를 최고의 성인으로 떠받들기에 여념 없다. 사실 처음 『논어』를 읽을 때는 공자에게 매력을 느끼지 못했다. 도저히 실존하는 인물처럼 보이지가 않았는데, 그의 말이라고 흥미롭게 들릴 리가 없었다. 공자의 말이 귀에 들리기 시작한 건 문탁네트워크에서 『논어』로 세미나를 하고부터였다. 선생님들은 주자의 공자 찬양에 진절머리를 냈다. "아휴~ 또 이런다, 또 이래!"

때론 공자에게서 마음에 들지 않는 모습을 발견하기도 했다. "꼭 자로 앞에서 이런 말까지 해야 했나? 너무하네 정말." 성인의 말씀에 토를 달며 읽어도 되는 건지, 놀라웠다. 그런데 이렇게 문장을 읽다 보니 언제인가부터는 공자의 목소리가 들리는 것 같았다. "야 이놈아! 썩은 나무에 조각하랴, 똥으로 쌓은 담장을 손질하랴? 허구한 날 낮잠 자는 너를 내가 뭐하러 꾸짖겠냐?" 만날 낮잠 자는 제자를 보고는 열불이 터져서 자신이 할 수 있는 최고의 욕을 하는 공자의 모습이 눈앞에 그려졌다. 더이상 공자는 완벽한 사람이 아니었지만, 오히려 그때부터 동양고전이 재미있다고 생각했던 것 같다.

『논어』를 읽으며 무엇보다 충격을 받았던 것은 공자가 생각보다 꼰대 같지 않다는 것이었다. 공자는 중요한 직책에 임명된 적은 없었지만, 시대의 명망가였으므로 세력가들과 만날 기회가 있었다. 세력가들은 공자에게 좋은 인재를 구하기 위해 제자를 추천받거나, 통치의 방법을 묻고자 했다. 한 나라의 최고 세력가인 계강자(季康子)가 물었다. "백성들로 하여금 공경심과 진정성과 자발성을 갖게 하려면 어떻게 해야 할까요?" 자신과 같은 윗사람을 잘 모시게 하려면 백성들을 어떻게 해야 하냐고 묻는 것이다. 공자는 직설적인 화법을 쓰는 않았다. 대신 엉뚱한 대답을 한다. "당신이 엄중하면 백성들이 공경심을 가질 것이고…."(『논어』「위정」20장)

그러니까 공자는 백성이 어떻게 해야 한다고 알려 주지 않았다. 오히려 당신 스스로가 어떻게 해야 하는지에 대해 말했다. 계강자는 자신에 대해서는 생각해 보지 않고 남에 대해서만 이러쿵저러쿵 떠들고 있다. 이 사람이야말로 꼰대의 전형이 아닌가? 공자는 계강자의 문제를 시원하게 꼬집었다. 하지만 마냥 시원해할 수도 없었다. 그러고 보면 타인의 생각이 불편해서, 타인을 나무라고 그에 반발하기만 했던 스무 살의 나는—페미니스트가 아니라—꼰대라 불러도 이상할 게 없어 보였다.

정답은 없지만
답은 있다

공자는 높은 산을 거의 다 만들어 놓고는 마지막 삽질에서 엎게 되는 것도, 이제 시작하려고 평지에다 첫 삽질로 나아가는 것도 모두 자신이 만든 결과라고 말했다. 이 구절을 읽다가 우샘은 물으셨다. "왜 마지막 삽질에서 모든 게 무너졌다고 생각해?" 무엇이 정답일까 고민하는 날 보시더니 정해진 답은 없다고 하셨다. 곰곰이 생각해 보고 나는 대답했다. "오만해서요. 이미 끝이 났다고 생각한 거예요." 그때는 공부에 대해 오만방자했던 나를 돌아보던 시기였다. 누군가들은 솔직하지 못해서, 타이밍이 맞지 않아서, 아직 끝나지 않은지 몰라서라고 대답했다. 사람들은 각자의 맥락에서 답을 찾아 냈다. 모든 대답들은 신선했다.

그럴 수도 있다며 우샘은 자신의 생각을 말하셨다. "공부를 제대로 하지 않아서야." 나는 우샘의 말을 들었을 때 '흡' 하고 숨을 멈췄다. 마음 한켠에 천근만근 무거운 돌이 올라앉은 것 같았다. 우샘의 대답은 우샘이 '공부'를 무어라 생각하시는지, 어떻게 공부해 오셨는지를 보여 주는 한마디였기 때문이었다. 마지막에 가서 그르친다는 것이 공부를 제대로 하지 않았다는 것을 반증하는 것이라면, 공부를 제대로 한다는 것은 무엇일까, 생각했다. 이것은 한동안 또 내가 공부를 열심히 하게 만든 원동력이 되었다.

백일수행을 한참 하고 있었을 때 내 눈에 띄었던 단어는 '삼가다'라는 뜻의 '愼'신과 '謹'근이었다. 이 한자들은 주로 어떤 일을 신중히 하고, 상대를 공손히 대하고, 온 마음을 다해야 하는 태도를 지칭할 때 쓰였다. 몇 달 동안 이 단어가 머리를 떠나지 않았다. 나는 '삼가다'라는 것이 어떤 태도를 의미하는지 도통 알 수가 없었다. 공자는 추상적인 개념을 거의 다루지 않아서 머리를 열심히 굴린다고 해서 이해할 수 있는 게 아니었다. 나는 '삼가다'라는 것을 이해하기 위해서 주위 사람들을 눈여겨 봤다. 아무래도 문탁네트워크의 선생님들이 다른 사람을 선생님으로 모시는 태도가 '삼가다'라는 단어와 잘 어울리는 것 같았다.

처음에는 함께 공부하는 사이에서 누군가를 선생님으로 모시는 것을 이해할 수 없었다. 사람은 우위를 비교할 수 없는 나름의 능력을 가졌다고 생각하기 때문이었다. 그러나 내가 관찰한 바에 따르면, 선생을 모시는 일의 관건은 상대방의 자질이 아니라 자신의 마음가짐이었다. 누군가를 선생으로 모시는 건 타인이 나보다 특출나기 때문이 아니라, 현실적 조건 속에서 누군가에게 배우겠다는 자신의 겸허한 마음 때문이다. 따라서 여기서 드러나는 건, 그러니까 주목해야 하는 건 선생의 우월함이 아니라 선생을 모시는 사람의 미덕인 것이다. 선생을 모시는 사람은 스스로 겸손하게 낮추면서도 상대방을 높이고 존중하는 마음을 갖는다. 이러한 마음이 무엇인지 예측도 할 수 없었던 나는 겸손해하며 스스로를 낮춰 본 적도, 남을 이해하고 배려하기 위해 온 마음을 다해 본 적도 없었던 것이 분명했다.

엉덩이가 커졌다

그동안 고전을 읽으면서 확실히 알게 된 것은, 고전에는 신체를 바꿀 힘이 있다는 것이다. 나와 함께 어린이 한문 읽기 프로그램을 꽤 오랫동안 한 G는 운동을 아주 좋아하는 친구다. 앉아 있는 것보단 뛰어다니는 것을 잘하고, 연필 잡는 것보다 야구배트 잡는 것을 좋아한다. 함께 뒷산으로 등산을 갈 때면 늘 지루해하며 말했다. "아, 빨리 좀 갈 수 없어요? 차라리 저 먼저 가게 해주세요!" 언제나 같은 말을 반복하던 친구였는데, 얼마 전 등산에 가서는 상상도 못한 모습을 보여 줬다. 체력이 약한 친구의 손을 잡고 끌기 시작한 것이다. 선생님을 앞질러서 아무리 불러도 뒤돌아보지 않던 G의 모습은 온데간데없었다.

수업에서 내가 "먼저 온 사람들이 책상을 놓아 주자"고 얘기했을 때 내 말을 한 번에 수긍한 친구들은 그동안 거의 없었다. "내 것도 아닌데 왜요?"라고 묻던 친구였던 Y는, 얼마 전 도자기 수업에 오지 못한 친구를 대신해서 자발적으로 선물을 만들었다. 갑자기 달라진 G와 Y의 모습을 어떻게 해석해야 할까? 혹시 한 학기 동안 친구와 관련된 문장을 읽고 이야기를 나눴던 덕분은 아닐까? 다른 친구를 위해 무언가를 하자는 이야기를 친구들이 납득하고, 그렇게 할 수 있도록 하는 데까지만 15주의 시간이 걸렸다. 그러나 간과하지 말아야 할 점은 초등학생들의 자각하고 변하는 속도는 상당히 빠른 편이라는 것이다. 당연한 말이지만 성인들은 그 속도를 따라갈 수 없다. 오랜만에 만난 친구들은 분위기가 바뀌었다며 "너 부처님 닮아졌다(?)"고 말하기도 하지만, 그건 아마도 나의 이 드넓은 이마를 드러내 놓기 시작했기 때문일 것이다.

동양고전을 읽은 지 만으로 3년이 다 되어 가지만, 나는 고전을 읽었다고 큰소리 칠 수 있을 만큼의 지식을 습득하지도 못했다. 다만 내가 달라졌다고 자신있게 말할 수 있을 만한 것은 신체가 바뀌었다는 거다. 전형적인 태양인이었던 나는 언제나 어깨가 골반보다 넓었다. 최근 들어서야 비로소 엉덩이와 어깨 너비를 견줄 수 있게 되었다. 사실 한 달에 적어도 한 번은 지방이나 해외를 다니고, 오래도록 한 곳에 머무르지 않고, 뿔뿔거리며 돌아다니느라 일사병과 햇빛 알레르기에 걸렸던 나에게 의자에 오래 앉아 있기란 쉽지 않은 일이었다. 페이지는 왜 그렇게 더디게 넘어가고 시간은 왜 그렇게 안 가는지, 의자에 앉아 있다 보면 엉덩이는 근질거리고 별이라도 잘

들었다 하면 마음이 간질거려 참기 힘들었다.

만약 한자를 공부해야 하는 일이 생기지 않았더라면, 우샘을 만나 공부에 대한 자극을 받지 않았더라면, 『논어』에서 내가 이해할 수 없는 태도와 마음가짐을 발견하지 않았더라면 나의 공부하겠다는 결심은 오래가지 않았을지도 모른다. 여태까지 살아왔던 대로, 또 다른 세상을 만나러 훌쩍 자리를 뜨는 것이 나에게 가장 익숙한 일이기 때문이다. 동양고전을 읽다 보면 살아왔던 대로 살지 못하게 만들고, 제멋대로 굴지 못하게 만들며, 나도 모르는 사이에 내 신체를 바꾸어 놓는다. 이것이 내가 동양고전을 공부하는 이유이다. 특별한 건 없다.

4.

나는
친구가 많다

* 이 글에 나오는 이름은 '명식'을 제외하곤 모두 가명입니다.

문탁네트워크에 오는 사람들은 대부분 나보다 나이가 많다. 10~20대는 손에 꼽을 정도로 적고 대부분이 40~50대이다. 선생님들과 친구처럼 지낼 때도 있지만, 또래 친구와 완전히 같지는 않다. 가끔 나이의 차이가 크게 느껴질 때가 있다. 선생님들이 자식이나 친정 이야기를 하실 때 나는 고개를 끄덕이긴 하지만, 와닿는 경우는 많지 않다. 반대로 내가 애인이나 또래 친구에 대한 고민이 생겼을 때 선생님들과 나눌 수 있는 이야기에는 한계가 있었다. "역시 젊군!"과 같은 감탄사나 조언의 말이 도움이 되기도 하지만 때론 같이 머리를 쥐어 싸고 고민할 수 있는 친구가 필요하기도 하다.

한 1년 동안 또래 친구가 있었으면 좋겠다고 주변에 이야기하고 다니던 차에 좋은 기회가 생겼다. 청소년을 대상으로 인문학 수업을 열어 볼 수 있게 된 것이다. 선생님이나 선배이기보단 친구로 또래들을 만나고 싶었다. 대상을 청년으로까지 늘리고, 수업이 아닌 동아리 형식으로 바꾸자는 제안을 했다. 이미 인문학 수업을 함께하고 있었던 명식과 프로그램을 맡게 되었고, 우리는 이를 〈길 위의 인문학 동아리〉(이하 〈길 위〉)라고 이름 붙였다. 책에서 읽은 것들을 길 위에서 직접 부딪혀 보자는 의미였다. 프로그램을 통해서 친구를 만날 수 있을지, 반신반의하며 〈길 위〉를 시작했다.

어려운 책 읽기는 어려워

이미 1년간 매주 초등학생들과, 반년간 매달 청송의 고등학생들과 프로그램을 진행하던 차였다. 친구들이 책만 열심히 읽어 온다면 〈길 위〉의 첫 프로그램 '길 위의 민주주의'를 큰 어려움 없이 진행할 수 있다고 생각했다. 그런데 막상 프로젝트가 시작되고 나서 보니 가장 큰 걸림돌이 되는 것은 책이었다. 친구들은 명식과 내 생각보다 더 함께 읽기로 한 책을 어려워했다. 고병권 선생님이 쓰신 『민주주의란 무엇인가?』와 『추방과 탈주』 같은 경우엔 내용을 거의 이해하지 못한 상태로 모임에 오곤 했다. 어려운 책을 이해하지 못하다 보니 자신의 이야기를 하지 못하고, 자신의 이야기를 하지 못하다 보니 책에 대한 흥미가 떨어지는 악순환이 반복되었다. 책을 '잘' 독해하는 것보다 각자의 이야기를 나누는 데 더 초점을 맞추고 싶었는데, 책을 이해하지 못하니 아예 말수가 적어졌다.

나와 명식은 친구들이 책을 이해할 수 있도록 도와야 했다. 거의 매시간 미니강의를 진행했다고 말해도 이상하지 않을 정도였다. 처음에 우리는 친구들에게 책을 두 번 이상씩 읽고 오라고 주문했지만, 몇 회가 지나고 난 뒤엔 한 번만이라도 제대로 읽어 오라고 부탁하게 됐다. 이런 상황 속에서 어려운 책 읽기를 유일하게 재밌어하던 친구가 한 명 있었다. 승주는 '길 위의 민주주의'에서 유일한 20대였다. 인문학 공부를 집중적으로 하는 대안학교를 나온 덕분인지 승주는 어려운 책을 읽을 때도 거침이 없었다. 때로 우리는 책 내용을 설명하지 않고 승주에게 질문해서 답하도록 하였다. 승주는 다양한 자신의 의견과 경험을 보태어 세미나 시간을 활기차게 만들었다. 특히 승주와 케미가 좋았던 건 명식이었다. 명식과 승주는 닮은 구석이 많았다. 책 내용을 정리해 설명하는 것을 좋아하고, 글쓰기에 흥미가 있었다. 장난에 예민하게 반응하는 것도 비슷했다.

명식과 내가 처음 만났던 건 6년 전, 명식이 막 제대를 하고 난 직후였다. 그는 세미나 시간에 책에 관한 자신의 명석함을 한껏 드러냈다. 하지만 막상 본인의 이야기를 할 때가 되면 경직되었고, 내가 작은 장난을 걸기만 해도 불같이 화를 내기도 했다. 나는 그의 반응에 굴하지 않고 계속 장난을 쳤다. 시간이 흐르자 장난을 덤덤히 받아들이기 시작하던 명식은 이윽고 누구보다 장난을 열심히 치게 되었다. 명식이 치는 장난의 힘은 어린 친구들과 함께 세미나를 할 때 그 진가를 발휘한다. 명석한 명식과 처음 세미나를 하게 되면 대부분 똑 부러지는 그의 설명에 깜짝 놀라고, 심한 경우엔 거리감을 느끼기도 한다. 같이 공부를 하다 보면 공부 실력으로 위계가 생길 위험이 있다.

그러나 자신을 놀림거리로 던지면 사람들은 그를 편안하게 대할 수 있게 된다. (요새 명식의 장난의 소재는 나이이다. "뭐라고? 이놈들이…. 나 옛날 사람 아니야!") 명식은 매일같이 승주에게 장난쳤다. 빵을 잘 못 잘랐네, 가위바위보를 못하네, 음식을 너무 많이 먹네…. 승주는 처음에 명식의 장난에 경직되어 "저 싫어하시죠" 하고 몸을 굳혔지만, 시간이 지나면서 장난에 유연하게 대처하게 되었다. 승주 역시 친구들 사이에서 유독 튈 위험이 있었지만, 허당 캐릭터를 잡으면서 친구들과 잘 섞일 수 있었다.

"저는 마지막에 말할게요"

'길 위의 민주주의' 이후로 책의 난이도 조정을 신중히 처리했다. 그런데 가만히 보니 책이 어렵든 쉽든, 정해진 분량을 다 읽어 오지 않는 친구들이 매 시간 있었다. 친구들이 책을 제대로 읽어 오지 않았음을 실토할 때 보이는 태도는 조금씩 달랐다. 대개는 두 반응 중 하나였다.

첫째는 미안함에 어쩔 줄 몰라 하는 경우였다. 물론 미안해한다고 해서 다음번에 잘 읽어 오는 건 아니다. 책을 읽어 오지 못할 만한 바쁜 일이 항상 있을 수 있기 때문이다. 특히 학교에 다니는 친구들 같은 경우엔 더 바쁘다. 학교의 일만으로도 바쁠 텐데, 학교 밖의 활동을 찾아올 정도로 열의가 있는 친구들은 하는 일이 한두 개가 아닌 경우가 많다. 이 친구들은 세미나 시간에서조차도 바빠 보인다. 세미나 중에 대화를 열심히 받아 적는다든지, 경청하고 있다는 리액션을 아주 크게 보인다든지, 무언가를 늘 하고 있다.

반면 책을 읽어 오지 않고도 무덤덤하게 말을 꺼내는 경우도 있다. "저 책 못 읽었어요. 하하" 책을 읽어오지 않고 이러는 건 양반이다. 후기를 안 써도, 발제를 안 해와도, 개인 프로젝트 작업을 끝마쳐 오지 않아도 무덤덤한 표정으로 말하는 경우가 많다. 눈을 끔뻑끔뻑 뜨고 있는 친구들에게 왜 못했냐고 물어봐도 그럴싸한 이유를 들을 수 있는 경우는 많지 않다. 물론 나름의 이유가 있었겠지만, 그 이유를 굳이 설명해 줘야 한다는 생각을 하지 않는 것 같다. 심지어 다음 시간에 오지 못하는데, 부끄러워서 그 이유는 알려 줄 수 없다는 친구도 있다. 동희 역시 입을 잘 열지 않는 친구 중 하나였지만, 친구들과는 조금 다른 면이 있었다.

동희는 처음 〈길 위〉에 들어왔을 때 거의 한 시즌 내내 책을 읽었는지, 읽지 않았는지조차 알려 주지 않았다. 어찌나 말을 하지 않던지, 동희의 목소리를 들었던 날을 손에 꼽을 수 있을 정도였다. 입을 겨우 열게 된 동희가 한동안 가장 많이 했던 말은 "음… 저는 마지막에 말할게요"였다. 이 말은 알려 주고 싶지 않다거나, 말을 하지 않아도 상관없지 않냐는 뜻은 아니었다. 오히려 몇 분의 고민 끝에 조심스럽게 꺼낸, 귀중한 한마디였다. 동희에게는 한마디 한마디를 빚어 내기 위해, 생각을 하나하나 건져 올리기 위해서 많은 시간이 필요해 보였다. 하지만 매번 그는 무언가에 쫓기듯 생각했고, 그러다가 얼굴을 붉히며 아직 말할 준비가 되지 않았다는 뜻을 보였다. 그럴 때마다 〈길 위〉의 멤버들은 동희를 재촉하지 않았다. 긴 시간 끝에 동희의 입에서 나온 말이 "잘 모르겠어요"여도 상관없었다. 만약 이 말이 승주의 입에서 나왔다면 〈길 위〉의 친구들은 그를 가만두지 않았을지도 모른다. 말하기를 좋아하는 승주가 잘 모르겠다는 말을 했다면, 그건 이 시간을 얼렁뚱땅 보내고 말겠다는 변명에 불과했을 것이다. 하지만 동희에게 잘 모르겠다는 말은 그 자체로 충분했다. 동희는 매번 잘 모르겠다고 하면서도 〈길 위〉를 거의 빠지지 않았고, 심지어는 두 시즌을 연달아 더 신청했다.

동희가 두번째로 함께했던 시즌은 함께 여행을 떠나는 '길 위의 여정'이었다. '길 위의 여정'에서부터 동희는 (역시나 오랜 시간을 들인 끝에) 짤막하게 감상평을 이야기하기 시작했다. 한두 마디에서 맥락을 읽어 내기 위해 누군가의 말을 그토록 열심히 들었던 건 그때가 처음이었던 것 같다. 저자의 주장이 이해가 안 된다는 동희의 한마디에 책의 내용을 끌어와 살을 붙이고, 앞의 다른 친구들의 맥락과 연결하고, 우리 세미나의 주제로 확장했다. 나는 동희에게 대단하게 말을 잘할 필요는 없다고, 열심히 했다면 단 한 마디라도 충분하다는 생각을 전하고 싶었다. 우연하게도 친구들은 '길 위의 여정'에서 아주 느린 여행을 떠나보기로 했다. 여행에서 느리게 등산을 하

친구들과 함께 떠난 길 위의 여정.

는 와중에도 동희의 걸음은 제일 느렸지만 아무런 문제가 되지 않았다. 우리의 여행은 느린 것의 가치를 충분히 드러내 주고 있었다. 그는 현재 〈길 위〉를 마치고 〈파지스쿨〉을 다니며 문탁네트워크의 문지방이 닳도록 자주 얼굴을 내비치고 있다.

거리를 유지하기

동희는 서서히 문탁네트워크에 나오는 날을 늘려 갔지만 이와 정반대인 친구도 있었다. 우리가 매주 두세 번씩 만나게 되었을 때부터 연우는 갑자기 문탁네트워크에 자주 등장하기 시작했다. 〈길 위〉에 온 그에게 마을 청소년 모임인 〈악어떼〉를 권유하자, 묻지도 따지지도 않고 나오기 시작했다. 그뿐 아니었다. 그는 별다른 일이 없어도 문탁네트워크에 나왔고, 문탁네트워크에 나와서도 별다른 일을 하지 않았다. 끼니를 자주 거르는 연우는 밥을 먹으려고 나오는 것도 아니었고, 세미나를 더 듣는다거나 사람들과 이야기하는 것도 아니었다. 대신 마을공유지 파지사유를 서성이거나 한구석에 드러누워 있었다.

연우는 비밀이 많은 친구였다. 연우에게 다가가는 건 쉽지 않았다. 잘못해서 그의 영역을 침범하게 되지는 않을지, 관심이 부담스럽지는 않을지, 문탁네트워크의 관계가 구속으로 느껴지진 않을지 걱정됐다. 그러면서도 연우가 얼굴을 꼬박꼬박 비치는 게 신기했다. 당시 〈악어떼〉에서는 공연을 준비하고 있었으므로 연우 또한 공연에 참여해야 했다. 공연에서 춤을 추고 랩을 하는 것은 숫기가 없는 그에게 아주 힘든 일이 될 것 같았다. 예상대로 처음 랩을 배우던 날 연우의 목소리는 아주 작아 들을 수가 없었다. 그런데 두번째 시간에 연우는 누구보다도 훌륭하게 빈지노의 〈아쿠아맨〉 랩을 소화해 냈다. 열심히 연습해 왔다고 했다.

그때 즘부터 연우는 나의 질문에 "비밀이에요"라는 말을 덜 하기 시작했다. 어떻게든 내 질문에 대답해 주려고 애썼다. 왜 말을 하지 않는지 그 이유에 대해서라도 말이다. 연우는 많은 말을 하지 않았지만, 그가 보여 준 모습은 감동적이었다. 함께 무언가를 해볼 수도 있겠다고, 해보고 싶다고 생각했다. 하고 싶은 공부가 있는지 물어보고, 내가 하는 일에 자주 부르기도 했다. 물론 연우는 늘 그랬듯이 어정쩡한 태도를 보였다. 나는 그의 눈치를 살피며 때로는 당겼다가 때로는 밀었고, 언젠가는 함께 활동을 할 수 있게 될 거라고 생각했다. 그런데 어느 날, 연우는 갑자기 등장한 것처럼 갑자기 발길을 끊었다. 처음에 내가 너무 귀찮게 군 건 아닌가 싶어 거리를 더 둬 보기도 했고, 우리가 쉽게 멀어질 수 있는 사이인 건가 싶어 가까워지려는 시도도 해봤지만 상황을 바꿀 수는 없었다.

어쩌면 연우는 자꾸 행동에 이유를 물어보는 게, 평소에 뭐 하고 지내는지에 관심을 보이는 게 부담스러웠을지도 모른다. 이것저것 함께하자고 했던 제안이 당황스러웠을지도 모른다. 이런저런 일들이 쌓이고 쌓였을지도 모른다. 어찌 되었든 나는 연우의 마음이 닫혔다고 생각했다. 그런데 그가 문탁네트워크에서 프로그램을 그만두고 보이는 행동들은 그렇지 않았다. 연우는 몇 개월 동안 여전히 가끔 연락하고 보드게임을 하자고 부르면 가끔 온다.

우리는 때때로 한 시즌이 끝나면 발표회를 열어, 결과물을 발표했다.

조급했던 마음

우리에겐 승주와 동희 그리고 연우 말고도 정이 든 친구들이 많다. 대안학교 출신이나 탈학교 청소년들 사이에서 유일하게 일반 고등학교를 나와 대학생이 되었던 민결, 대학을 진학하지 않고 인문학을 공부하며 래퍼가 되기로 한 다빈, 독창적인 세계관을 가지고 있어서 늘 예상을 벗어나던 지현…. 나는 〈길 위〉 프로그램을 진행하면 놀기도 하고, 밥을 먹기도 하면서 공부와 활동을 함께하겠다고 나서는 친구들이 생길 줄 알았다. 내 예상과 다르게 〈길 위〉를 함께했던 멤버들이 후속 세미나를 만든다거나, 새로운 활동을 만들어 내는 일은 없었다. 그럼에도 나는 이제 친구가 필요하다는 이야기를 더는 하지 않게 되었다.

2018년 뿔뿔이 흩어져 있던 문탁네트워크 내 또래 친구들끼리 청년인문학스타트업 〈길드다〉를 만든 덕분이기도 하다. 또 〈길 위〉를 하면서 실제로 문탁네트워크에 청년-청소년이 늘어난 덕분이기도 할 것이다. 동희가 〈파지스쿨〉에 들어갔듯이, 승주는 과학세미나에 들어갔고 또 누군가는 예술프로젝트에 들어갔다. 어떤 친구들은 〈길 위〉 밖에서도 문탁네트워크에 계속 나타난다. 이전에 〈파지스쿨〉을 다녔던 다빈은 〈길 위〉를 계기로 다시 활발하게 문탁네트워크에서 공부와 활동을 하게 되었다. 〈파지스쿨〉을 다니지만 친구가 별로 없어 외로워하던 지현이는 다양한 친구들을 만날 수 있게 되어서 좋다고 반가워했다. 매주 출몰하는 청소년-청년에 당황하던 선생님들도 이젠 아주 익숙해졌다고 말하기도 한다.

그러나 내가 친구가 없다고 이야기하지 않는 가장 큰 이유는 조급했던 마음이 줄어든 덕분이다. 내가 친구가 필요하다고 말했던 건 시간을 같이 보내는 친구가 많았으면 좋겠다는 뜻이었다. 만일 그렇게 따진다면 〈길 위〉에서 내게 생긴 친구는 명식뿐일 것이다. 그러나 〈길 위〉를 진행하면서 그런 친구가 있나 없나, 몇 명이나 있나 하는 것은 보다 덜 중요해졌다. 동희가 문탁네트워크에서 함께 지내는 일은 아주 기쁜 일이지만, 그렇다고 연우가 더는 얼굴을 비추지 않는 일이 슬픈 일은 아니라는 걸 알게 됐다.

나는 여전히 여러 친구들과 함께하길 바라지만, 친구들의 선택은 내가 어찌할 수 있는 문제는 아니다. 중요한 건 만나게 되는 친구들과 어떤 만남을 가질까 하는 것이다. 어쩌면 연우와 만날 당시에 했던 거리에 대한 고민 덕분에 연우는 오랜만에 나를 만나면 수줍은 얼굴로 반기는 것일지도 모른다. 지금의 만남이나 모임만이 중요한 것도 아닐 것이다. 내가 어느 날 훌쩍 문탁네트워크를 떠났다가 또 훌쩍 돌아와 공부를 시작했듯이, 내 또래의 앞날은 어떻게 될지 아무도 알 수 없기도 하니까 말이다. 고등학생 때부터 모두가 나를 '인싸'라고 불렀지만 나는 스스로를 '아싸'라고 생각했다. 오랫동안 나에겐 친구가 몇 안 된다고 생각했다. 이제는 그 말을 조금 바꿔 볼 수 있을 것 같다. 나에게는 친구가 많은 것 같다.

5.

길드다 2018,
마이너스 500만원

공부로 돈을 벌겠다고 일층에 〈길드다〉 공간을 꾸렸을 때, 우리 앞으로 문탁네트워크가 있는 이층에서 500만원이 뚝 떨어졌다. 물론 500만원이라는 금액에 대해서는 온도 차이가 있었다. 목공 일을 하는 지원에겐 그다지 큰 돈이 아니었을 터이고, 한 달 벌어 한 달 사는 동은에게는 꽤나 큰 액수였을 터이다. 하지만 우리에게 진짜 문제가 되었던 건 500만원이라는 금액이 아니었다. 한동안 나는 이 돈을 받았으면서도 나와는 별 상관이 없는 돈인 것마냥 굴었다. 다른 멤버들도 나와 별 다를 게 없어 보였다. 우리는 장장 5년을 같이 공부했지만, 함께 돈을 만져 본 적은 없었다.

하지만 언제까지고 500만원 앞에 얼어 있을 수는 없었다. 무슨 일을 할지 논의하기 위해 엠티를 빙자한 워크숍도 가야 했고, 회의를 하면서 밥도 같이 먹어야 했다. 우리가 처음 부딪힌 난관은 식사를 공금으로 해결할 것인가, 아니면 사비로 해결할 것인가, 하는 것이었다. "엠티를 다녀온 뒤, 본격적으로 〈길드다〉의 시작을 기념하는 날이니까 공금으로 사먹는 게 어때?" "그렇지만 엠티를 다녀오기 전에 이미 〈길드다〉 결성을 축하하는 식사를 했잖아." 별다른 경험치가 없었던 우리는 도저히 문제를 '잘' 판단할 수가 없었다. 결국 회계의 제안으로 어떤 때에는 공금으로, 어떤 때에는 사비로 식사를 했다.

판단근거가 있을 때,
판단근거가 없을 때

우리는 회계 담당자를 고정해 두지 않고 돌아가며 맡기로 했다. 내가 그 첫

문탁넷에서는 함께 밥을 지어 먹으며 밥상을 꾸려 나간다.
이날은 처음으로 〈길드다〉 팀이 함께 점심을 차려 봤다.

주자가 되었다. 문탁넷에서 회계를 맡은 적이 있었기 때문이다. 그러나 〈길드다〉 회계는 청소년 교육프로그램의 회계와 완전히 달랐다. 우선 내가 교육프로그램 회계를 맡을 당시에 각 프로그램은 재량껏 운영되었다. 문탁넷에서는 많은 일들이 지난한 회의의 과정을 거쳐서 결정된다. 우리의 프로그램 또한 초창기에는 그런 방식으로 꾸려졌다. 그러나 마을교육팀 〈주권없는 학교〉가 해체되자 우리에겐 프로그램을 함께 논의할 단위가 분명하지 않게 되었다. 각 팀은 프로그램 짜는 일도, 프로그램에서 발생하는 문제도 대부분 자체적으로 해결했다. 그럼에도 교육프로그램의 회계는 별 탈 없이 굴러갔다. 굴리는 돈이 얼마 없을뿐더러 돈의 출처가 간단명료했기 때문이다. 이것이 〈길드다〉 회계와 교육프로그램 회계의 두번째 차이다. 들어온 수강료는 인건비, 문탁넷 운영회계로 넘길 돈, 실무비로 딱 나눠 떨어졌고 통상적으로 책정되는 비율과 그 의미도 이미 많은 논의 끝에 나와 있었다. 물론 예외적인 상황이 발생하기도 했지만, 그럴 때조차 큰 문제가 일지는 않았다. 기준이 되어 주는 선례가 있었기 때문이다. 참가자가 많지 않으면 튜터비의 비율이 늘거나 운영회계에서 돈을 더 지급했다. 이례적으로 참가자가 많으면 튜터비의 비율은 줄어들고 운영회계로 가는 돈이 늘어났다.

그러나 〈길드다〉는 새로 결성된 팀이었다. 우리는 회의를 빼면 시체라고 봐도 무방할 정도로 회의를 많이 했다. 매주 모여 몇 시간씩 회의를 하는데도 시간이 부족할 정도였다. 우리는 많은 부분 서로를 이해하기도 했지만, 서로에게 할 말도 많았다. 문제를 놓고 얼마든지 치고받을 수 있으리라 생각했고, 그렇게 치고받다 보면 각자가, 또 우리가 새로운 국면에 놓이게 될 것이라고 생각했다. 팀이 생긴 지는 얼마 안 되었지만, 우리에게 쌓여 있는 신뢰는 오랜 시간 묵은 것이었다. 팀이 되어 지난한 회의의 시간을 가지면서 개인들의 결합이었을 때 생겼던 문제 또한 새로운 국면을 맞게 되었다. 중학생 교육프로그램에서 발생했던 동은과 명식의 마찰은 더이상 둘만의 감정문제로 남지 않게 되었다. 동은은 일을 제때 완수하지 못하는 어려움을, 명식은 자신과 이질적인 존재를 만나는 어려움을 자신의 문제의식으로 전환시켰고, 각각의 문제의식은 우리 넷의 공통적인 과제가 되었다.

많은 문제들이 공통과제로 전환되는 와중에도 치열한 대화의 주제가 되지 못한 게 하나 있었는데, 그게 바로 돈이었다. 물론 전혀 이야기가 되지 않았던 건 아니다. 이 또한 처음부터 모든 것을 정해야 했다. 공간 사용료는 얼마나 낼 것인가, 실무 관리자에게 돈을 줄 것인가 말 것인가…. 판단근거가 없는 사람들이 결정을 내리는 모습은 꽤나 재미있다. 다들 멍하니 있다가 누군가 제안을 하면 다른 사람들이 거기서 크게 벗어나지 않는 의견을 보태고, 잠시 동안 침묵이 맴돌다가 그 의견이 낙찰된다. 당시에 원활한 토론이 되지는 못했던 건 각자 가진 감각이 너무 달랐기 때문이었다. 명식은 부모님 집에서 비교적 여유롭게 지냈지만, 동은은 자취를 위해 알바를 하며 비교적 빠듯하게 지냈다. 지원은 나에 비해 많이 벌지만 거의 돈을 남기지 않았고, 나는 지원에 비해 적게 벌지만 저금만은 꼭 하려고 들었다.

내꺼인 듯 내꺼 아닌 내꺼 같은 너

〈길드다〉가 공부로 자립하려는 의도로 만들어진 만큼, 각자의 생계는 우리

각자의 이름이 박힌 〈길드다〉 명함을 받던 날, 본격적으로 〈길드다〉를 시작하게 된 기분이 들었다.

에게 중요한 주제가 됐다. 나와 명식은 교육프로그램으로 돈을 버는데, 많이 쓰지 않아서 어찌어찌 생계를 유지하고 있었다. 지원 역시 목공일을 하고 있기 때문에 괜찮았는데 문제가 되었던 건 동은이었다. 동은은 언니와 떨어져 살게 되면서 본격적으로 자취를 하게 되었는데, 교육프로그램이 폐지되어서 수입은 줄어든 상태였다. 나는 〈길드다〉에서 수습비 명목으로 생활비를 지원해 주면 어떻겠고 제안했다. 동은이가 하고 싶어 하는 디자인 일로는 당장 돈 벌기가 어려웠다. 올 한 해를 수습기간이라 생각하고 디자인 일에 집중해 보면 어떨까 싶었다. 결국 동은은 수습비가 아니라 디자인 일에 대한 건당 활동비를 조금씩 받으며 알바를 하게 되었지만, 결과와는 별개로 결정이 내려지는 과정에서 우리는 처음으로 돈 문제에 대한 다른 의견을 보였다.

나의 제안에 가장 빠르게 반응을 보인 건 동은이었다. 당시 동은이는 주위에서 무언가를 받는 일 자체를 부담스럽게 느끼고 있었다. 뉴욕 여행경비 일부를 '길위기금'에서 받았을 때 동은은 기뻐하면서도 당혹스러움을 감추지 못했다. '길위기금'은 문탁넷에서 공부하는 청소년과 청년을 위한 기금이다. 큰 수강료를 지불해야 하는 이는 세미나 회비를, 일하며 공부하기가 빠듯한 이는 생활비를 받는다. 그러나 '길위기금'은 공돈이 아니다. 돈 그 자체에 의미를 부여하거나 금액으로 그 가치를 측정하는 게 아니라, 돈이 흘러 새로운 활동으로 이어지길 바라는 돈 쓰는 방법이다. 〈길드다〉에게 투척된 500만원 역시 비슷한 선상에 있었고, 자연스레 〈길드다〉 또한 500만원이 새로운 활동으로 이어지기를 바라고 있었다. 그러나 돈 쓰기가 새로운 활동으로 이어지기까지는 동은에게나 〈길드다〉에게나 시간이 좀 필요했다.

나의 제안에 당황한 사람은 동은만이 아니었다. 〈길드다〉의 다른 멤버들 역시 당황해했다. 동은의 생활비는 공적인 돈이 아니라 사적인 돈이니 '길위기금'에서 돈을 받는 게 어떻겠냐는 제안도 있었다. 그러나 동은이 만약 수습비를 받는다면 〈길드다〉의 디자인 작업 전반을 맡게 될 터였다. 결국 생활비로 쓰기는 매한가지인데, 교육프로그램으로 받는 튜터비는 공적인 돈이고 디자인 일을 위해 받는 수습비는 사적인 돈일까? '길위기금'은 사적인 돈을 받는 곳일까? 사적인 돈과 공적인 돈은 어떻게 구분할 수 있을까? 또 누군가의 말마따나 매달 몇 십만 원씩 통장에서 빠져나간다면 금세 500만원이 동날 터였다. 그러나 이 제안에 당황한 이유가 그 때문만은 아닌 듯했다. 멤버들이 돈이 걱정되어서 공금쓰기를 언제나 어려워했냐, 하면 꼭 그렇지도 않았기 때문이다. 복사비는 거리낌없이 〈길드다〉 회계에 청구했다. 자신의 돈을 들여 인쇄해야 할 발제문이나 개인 활동 자료까지 말이다.

돌이켜보면 동은의 생활비를 지원할 엄두를 내지 못했던 것과 복사비에는 별다른 생각 없이 〈길드다〉의 돈을 쓴 것은 비슷한 맥락 위에 있었던 것 같다. 우리는 〈길드다〉의 돈을 '나'의 돈처럼 생각한 게 아니었을까? 이 쓰임이 적절한가, 이 금액이 적합한가의 기준이 모두 '나'였던 게 아니었을까? 우리가 〈길드다〉의 돈을 '나'의 돈으로 여겼던 것은 각자가 탐욕스러운 인물들이었기 때문은 아니다. 곰곰이 생각해 보면 우리 또래는 개인적인 소비 외의 다른 방식으로 돈을 써 본 적이 없다. 그러니 내 돈을 생각하듯 〈길드다〉의 돈을 생각하는 건 자연스러운 일이었다. 만일 새롭게 돈 쓰는 법을 찾아내지 못한다면, 우리가 〈길드다〉의 돈을 계속해서 각자의 기준대로만 볼 게 분명했다.

사람을 움직이는 건 돈만이 아니다

〈길드다〉는 단 네 사람을 위해 만들어진 팀은 아니다. 〈길드다〉가 만들어지면서 우리는 함께 일할 수 있는 주위 친구들과 접촉을 시작했다. 본격적으로 마찰이 수면 위로 드러나게 되었던 건 〈길드다〉 멤버도 아니고 문탁넷에서 오랫동안 공부하지도 않았던 친구들에게 줄 페이를 논의하게 되었을 때였다. 나는 청소년프로그램을 하면 한 시즌인 10주당 50만원을 받는다. 사전 회의를 하고, 포스터를 만들고, 연장 수업도 하고, 여행을 가게 되면 자비로 부담하기까지 하니 사회의 기준으로 보자면 아주 적은 돈이다. 그러나 앞서 말했듯이 우리는 모든 일을 돈의 가치로 환산하지 않고, 받는 만큼만 일하지도 않는다. 오히려 돈은 관계를 맺고 활동을 해나가는 데 유용한 매개물이 된다. 각자는 무엇을 하든 자신의 역량 강화를 위해, 함께 활동하는 사람들을 위해 최선을 다 한다.

얼마 전 우리에게 조언하러 온 사람은 화들짝 놀라며 이렇게 말했다. "이 일들을 네 분이서 다 하신다고요?" 어떻게 넉넉하지 않은 돈으로 많은 활동을 꾸릴 수 있냐는 것이다. 거꾸로 우리는 사람들이 돈이 있어야만 움직이냐고 반문할 수 있다. 다른 조건이 갖추어진다면 사람들은 돈에 덜 의존하면서 능동적으로 활동할 수 있다. 〈길드다〉의 멤버들은 어느 날엔 회계사, 작가, 디자이너가 되었다가도 어느 날엔 판매원, 프로젝트 기획자, 행사 사회자가 된다. 이것이 가능한 이유는, 우리가 공부를 통해 기존의 사회와는 조금 다른 사회를 상상해 왔기 때문이다. 우리는 한정된 자원 안에서 최대의 만족을 얻으려 합리적인 선택을 하는 삶을 살지 않을 것이라는, 물신주의로부터 자유로운 삶을 살고 싶다는, 그러기 위해서는 반드시 함께할 사람들이 필요하다는 공통된 감각을 가지고 있다.

그러나 이 감각은 우리 네 사람을 벗어나기만 하면 바로 그 힘이 약해진다. 왜냐면 첫째로 이 감각은 이론의 영역보다는 경험의 영역에 더 가깝기 때문이다. 우리 또래는 대개 기반 없는 젊은이들에게 기회를 줬다는 것을 명분삼아 적게 돈을 주며 착취하는 '열정페이' 문제를 겪는다. 물론 〈길드다〉엔 착취를 하거나 당하는 자가 따로 있지 않고, 각자는 반드시 주체가 되어야만 일을 진행할 수 있다는 점에서 우리는 열정페이 문제와 결을 달리한다. 그러나 실제로 경험해 보지 않는다면 우리가 일하는 방식과 열정페이가 어떻게 다른지 이해하기 쉽지 않다. 두번째는 우리의 감각이 외부의 기준에 만났을 때 마찰이 생기기 때문이다. 지원은 우리와 함께 한두 달간 〈길드다〉 브랜딩과 포스터 디자인을 한 친구에게 50만원을 주자고 했다. 우리에겐 큰돈이지만 일반적인 기준으로 봤을 때는 적은 돈이라는 것이다.

사회적인 기준에 대해 생각하게 되자 평소에는 하지 않던 질문들이 떠올랐다. 왜 같은 작업을 해도 그 친구는 페이를 받고 나는 받지 못하는가? 내가 디자인을 비롯해 세 달 이상 시간을 쏟은 튜터 일과 그 친구의 한두 달 한 작업의 가치가 같다는 것인가? 일반적 기준에선 더 높은 페이를 받아야 하는 영상작업을 한 친구에겐 왜 적게 쳐주는가? 우리는 해결되지 않는 질문들을 뒤로한 채 일단 친구들과 작업을 시작했다. 이들은 짧은 시간이라도 우리와 함께 세미나를 하거나 했었던 친구들로, 사회적인 기준보다 적은 페이를 주는 것을 이해했다. 시각디자인을 하는 친구에게 브랜딩과 포스터 디자인 작업을 부탁했고, 영상편집을 하는 친구와 미니강의를 찍어서 유튜브에 업로드했다. 우리가 부탁했던 작업은 우리에게'만' 도움 되는 작업은 아니었다. 서로에게 도움이 되는 부분들을 결합하는 방식으로 일을 진행했다.

시각디자인을 했던 친구는 직장을 다니며 자신이 하고 싶은 디자인 작업을 하지 못하는 것에 회의를 느끼고 있었고, 우리는 그의 작업을 최대한 존중했다. 디자인의 현란함보다 내용물의 의미를 더 살리고 싶다는 그의 작업방향에 따라 단순하고 심플한 디자인이 채택되었고, 비록 문탁넷 샘들의 원성을 듣기는 했지만("아니 이게 포스터란 말이니…?") 서로에겐 충분히 만족스러운 작업이 되었다. 영상작업을 함께했던 친구 역시 마찬가지였다.

"영상 일을 하다 보면 주어진 페이와는 별개로 무리한 요구를 하는 단체가 많이 있습니다. 하지만 〈길드다〉는 그러지 않았습니다. 돈을 많이 주지 못한다는 사실을 인정하고 최대한 저를 배려해 주고 합의점을 맞춰 가며 작업을 진행했습니다. 결과적으로 저도 단순히 하청받은 영상을 만드는 일이 아닌 제가 만들고 싶은 영상을 만들며 재미를 느꼈고…."

돈이 굴러 그 액수가 배가 되지는 않았지만

시각디자인을 하는 친구에게 주기로 한 돈이 결국 사회적인 기준에 입각했었다는 점과, 사회적인 기준을 떠올리며 하게 되었던 나의 이상한 질문들은 우리가 돈 쓰기에 대해 얼마나 빈약한 생각을 가지고 있는지를 드러내 주었다. 우리는 친구와 작업을 진행하면서 그에게 주는 돈이 어떤 의미를 갖는

공산품 팀과 청년페어를 준비하던 밤의 모습(위 사진).
공산품 팀은 청년페어에서 자신의 작업물을 발표했다.
우리는 이 자리를 통해서 500만원이 허공에서 흩어지지 않았다는
사실을 알 수 있었다(아래 사진).

지, 돈을 쓸 때는 어떤 방향을 지향하며 써야 하는지 알지 못했다. 돌이켜보면 우리의 작업이 꼭 돈으로 그 가치가 환산된 것은 아니었다. 활동들의 성과가, 함께 활동을 했던 주변 친구들의 소회가 그것을 말해 주었다.

우리는 1년 동안 500만원을 거의 다 사용했다. 500만원의 대부분은 네 명의 작업을 위한 돈으로 사용되고, 거기서도 조금 더 나눠서 멀고도 가까운 친구들과 함께 작업하는 데 사용하고, 또 더 나눠서 생산프로젝트를 하는 친구들에게 주기도 했다. 생산프로젝트 '공(共)산품'은 빵을 만드는 친구, 랩을 하는 친구, 목공이나 디자인을 하는 친구들이 작업하는 과정을 같이 공유하고 그것으로 자립하려는 프로젝트다. (우리에겐 큰돈이었지만) 일반적인 기준에서 보자면 그렇게 크지 않은 돈으로 친구들은 각자의 작업물을 만들어 냈다. 누군가에겐 이 작은 돈이 꼭 필요했고, 누군가에겐 함께 작업하는 프로세스가 혹은 〈길드다〉의 팀워크가 도움이 되었다. 우리의 얼마 되지 않는 이 돈이 굴러 가면서 배가 되어 돌아오지는 않았지만, 〈길드다〉의 관계를 확장시켰다는 건 확실하다.

물론 여전히 해결되지 않은 문제들이 있다. 기본적으로 들고 나는 돈이 적은데, 이 돈으로 자립이 가능할까? 그렇다고 돈을 많이 버는 것이 목표가 되는 것도 이상하지 않은가? 이번 고비는 다행히 좋은 친구들과 무사히 넘겼지만, 앞으로 만나게 될 새로운 이들과의 관계는 계속해서 문제가 될 것이다. 그러나 적어도 우리는 앞으로 어떤 방식으로 돈을 써야 하는지에 대해서는 2018년만큼이나 헤매게 되지는 않을 것이다. 벌써 돈에 관한 아젠다가 '어떻게 쓸 것인가'에서 '어떻게 벌 것인가'로 옮겨 갔다. 나 또한 돈에 대해 조금 다른 생각을 하게 되었다. 이전에 나는 돈은 쓰지 않을수록 좋다고 생각했다. 이 생각은 소비에 대한 일종의 부채감으로부터 비롯되었다. 의류 공장이 많은 중국과 방글라데시에선 염료를 하도 많이 사용해 강물의 색깔로 올해 유행하는 색을 알 수 있단다. 내가 사지 않는다고 해서 이 흐름이 당장 끊기는 건 아니지만, 내가 그 흐름 속에서 살고 있다는 것을 생각하면 물건을 사는 일은 생각보다 쉽지 않았다.

그러나 한 해를 정리하며 돈을 쓰느냐 마느냐 하는 것이 문제가 되지 않을 수도 있겠다는 생각을 하게 됐다. 돈을 '쓰지 않는다'는 생각보단 돈을 '다른 방식으로 쓴다'는 생각을 할 때 돈의 문제에 말리지 않고 돈으로 할 수 있는 일이 더 많아진다. 그러니까 문제는 '어떻게 하면 돈을 쓰지 않을까'가 아니라 '돈으로 어떤 관계를 만들 수 있을까'가 된다. 돈을 쓰면서도 마이너스가 아니라 플러스의 삶을 살 수 있는 것이다. 그러고 보면 나는 알지 못하는 사이에 이미 그렇게 돈을 쓰고 있었다. 최근에 돈을 가장 잘 썼다는 생각이 들었던 건, 〈길드다〉에서 번 돈으로 '길위기금'과 〈길드다〉에 특별기금을 냈을 때였다. 겨우 10만원, 5만원이라 금액적인 면에서 큰 보탬이 되지는 않았겠지만, 개인적으로는 특별기금을 냄으로써 내 돈이 꼭 내 돈만은 아니라는 생각을 확실하게 하게 되었다. 내 돈이지만 내 돈은 아닌, 내 돈은 아니지만 내 돈인 이 돈들을 어떻게 하면 더 잘 쓸 수 있을까, 앞으로 내게 남은 과제다.

6.

왜 그렇게
오래된 책을 읽어?

〈길드다〉 멤버들은 공부한 것을 잘 정리해, 이것으로 친구들을 만나기 위해서 2018년 9월부터 11월까지 유튜브 미니강의를 진행했다. 유튜브 미니강의는 각각의 주제를 가진 네 사람이 15분씩, 총 세 달에 걸쳐 강의하고 강의 영상을 유튜브에 올리는 프로그램이다. 나는 우리 또래의 문제를 세네카, 공자, 붓다 등 옛 할아버지들에게 물어본다는 컨셉의 '할아버지에게 물어보자'를 준비했다. 강의를 하기 위한 강의안을 쓰고, 현장강의 리허설을 하고, 강의를 한 뒤에는 편집정보를 넘기고, 영상을 편집해 주는 친구가 편집해 주기까지 일련의 과정은 우리의 예상보다 품이 훨씬 많이 들어갔다. 멤버들 모두가 다른 일들과 함께 준비하다 보니 시간이 많이 부족했고, 특히 나 같은 경우는 고전에 대해 친구들과 이야기를 하는 과정이 매끄럽게 진행되지 않았다.

삶의 양식으로서의 철학

내 첫 강의의 제목은 '세네카 할아버지, 욜로가 뭐예요?'였다. 나는 세네카를 비롯한 스토아학파의 책을 고전대중지성 세미나에서 읽는 중이었다. 고전대중지성 세미나는 동서양의 고전을 교차해서 읽는 1년짜리 세미나로, 작년부터 2년째 같은 멤버들과 함께 공부하고 있었다. 매주 목요일 오전에 세미나를 하는 고전대중지성은 하루 전 날인 수요일 밤 10시까지 과제를 반드시 올려야 했다. 과제라고 해봐야 책을 읽고 쓴 한두 페이지의 메모이지만, 글에 대한 날카로운 피드백을 주고받을 뿐 아니라 메모를 중심으로 세미나가 진행되니 아무렇게나 써 갈 수는 없었다. 오랜 시간 머리를 싸매고 씨름했지만, 그렇다고 그 시간을 온전히 공부하는 데 쓴 건 아니었다. 수요일마다 글을 쓴다는 것이 우리에게 어떤 것이었는지, 문탁네트워크 인문학 축제에서 선보였던 연극에 잘 드러나 있다.

> 2년 동안 우리를 괴롭힌 건, 어려운 텍스트가 절~대 아니었습니다. 매주 수요일 밤 10시면 올려야 했던 숙제!
> (멤버들은 세미나를 준비하기 위해 하나같이 노트북 앞에 앉아 글을 쓰고 있다. 느티나무가 스르륵에게 다가가 말을 건내면 모두 스르륵을 쳐다보느라 고개를 든다.)
> 느티나무 : 스르륵 뭐해? 공부하니?
> (스르륵은 노트북에 고개를 처박고 있다. 공부하는 듯 보인다. 느티나무가 질문하자 고개를 슥 든다. 오징어를 들고 질겅이고 있다.)
> 모두 : 배고프니?
> (옆에 앉아 있던 은주가 스르륵의 수상한 행동을 감지하고 관객석 쪽으로 노트북을 돌려 보인다. 노트북에는 미드가 틀어져 있다.)
> 모두 : 뭐야~! 미드 보네!

우리에게 공통으로 형성된 감각이 있다면, 그것은 필시 수요일 저녁 10시까지 올리는 메모에 대한 중압감으로부터 비롯되었을 것이다. 2년차가 되었으면 그 부담감이 줄 법도 한데 오히려 더 심해졌다. 2018 고전대중지성에서는 붓다와 스토아학파를 공부하며 '좋은 삶이란 무엇인가'를 질문했

고전대중지성 멤버들이 글쓰기의 산통에서 해방된 기쁨을 만끽하는 장면이다.

다. 얼핏 보면 '좋은 삶'은 이론에 논리적으로 접근하기 어려워 보이기 때문에 세미나의 주제가 되기에 적합하지 않은 것처럼 느껴진다. 물론 논리적인 글을 읽고 논리적인 글을 쓰는 것은 생각을 정리하기에 좋은 방법이다. 그러나 때때로 머릿속으로만 생각을 구축해 나가다 보면, 머릿속의 생각과 자신이 보내고 있는 일상 사이에 갭이 생기기도 한다. 공부를 하고 있는 사람이라면 한 번쯤 느껴 봤을 이 거리감은 좋은 삶을 주제로 세미나를 하자 좁혀지기 시작했다. 아니 정확하게 말하자면 자신의 일상을 찬찬히 뜯어봄으로써 머리로만 알고 움직이지는 않고 있었던 자신을 발견하고, 그 거리를 좁히기 위해 애쓰게 됐다.

이 말을 뒤집으면 아무리 좋은 책을 읽고 멋진 말을 해도 그것과 동떨어진 나날을 보내고 있는 자신을 발견하게 된다는 뜻이기도 하다. 사람들은 매주 책을 읽고 글을 쓸 때마다 넘어지고 일어났다가 또 넘어지기를 반복했다. 세미나 시간에 토론을 하다 보면 우리가 걸려 넘어지는 건 큰 바위가 아니라 작게 솟아 있는 돌부리라는 것을 알게 된다. 붓다나 세네카의 핵심 이론은 알기도 어려울뿐더러, 그것에 반기를 드는 일은 거의 없다. 오히려 문장 하나, 말투 하나에 말문이 턱 막혀 버린다. "나는 내 삶이 행복하고 즐거운데, 왜 붓다는 인생이 괴로움이라고 말했을까?" "어떤 일에도 분노하지 말라니, 세네카는 세상의 불의나 부당함에도 순응하라는 건가?" 그리고 그것은 막연하게 가지고 있었던 표상, 깨고 싶지 않은 생각이나 딱딱하게 굳어 있는 사고방식으로부터 비롯되었다는 것 또한 깨닫게 된다. 그러니까 우리는 매주 글을 쓸 때마다 허상에 사로잡혀 있는 모순투성이의 자기 자신과 마주할 수 있었다.

이러한 와중에 나와 선생님들 사이에는 미묘한 온도 차이가 있었다. 어쩌면 나만이 이 세미나의 유일한 이십대여서 이십 몇 년을 묵은 카페트를 들고 먼지를 터는 동안, 나머지 선생님들은 그 두 배의 시간 동안 쌓였을 묵은 먼지를 털고 있었기 때문인지도 모르겠다. 누군가는 이러한 작업을 고문이라고 생각했고, 누군가는 이러한 작업을 수행이라고 생각했다. 그래서 누군가는 세미나 시간마다 눈물을 보였고, 누군가는 집에서 꾸준히 명상을 하면서 자기를 살폈다. 나이를 많이 먹을수록 기존의 습관을 벗어나기 어려울 것이라는 나의 생각이 완전히 잘못되었음을 알 수 있었다. 선생님들이 책을 읽고 자기의 삶으로 가져 가는 속도가 너무 빨라서, 아니 그 무게가 너무 무거워서 나는 자주 압도당하고 감화되었다.

그간 또래와 세미나를 할 때는 경험해 보지 못한 것이었다. 넘어지고 일어나고를 반복하다가 결국 제멋대로 뻗치고 있는 자신의 욕망을 자각하거나, 숨기고 싶었던 자신의 일부분을 드러내는 모습은 놀라웠다. 피에르 아도는 『고대철학이란 무엇인가』에서 철학이 고대에 어떤 모습이었는지 설명할 때 이렇게 말한다. "고대철학은 생활양식이자 확고하게 담론인 것이다. 그것은 담론이자, 결코 닿지 못하면서도 지혜에로 향하는 생활양식이다." 2년간 고전대중지성 세미나에서 사람들은 자신의 삶의 양식이 무엇을 기반으로 하고 있었나 확인하고, 어떤 삶을 꾸려 나갈지 공부하고, 그 삶을 시도하고 실패하고 다시 또 실험했다. 피에르 아도의 말에 따르자면 우리는 2년간 서로를 버팀목 삼아 삶의 양식으로서의 철학을 해왔다고, 감히 말해 볼 수도 있지 않을까?

아우렐리우스의 '자유'

펄펄 끓고 있었던 선생님들에 비해 비교적 쿨했던 나의 고전 읽기는 아우렐리우스를 만나고 달라졌다. 로마 황제 마르쿠스 아우렐리우스가 쓴 『명상록』은 자기 자신을 위해서 쓴 글이긴 하지만 하루 일과는 찾아볼 수가 없으니 일기라고 하기도 어렵고, 생활에 지침이 될 만한 글을 적었지만 독자를 염두에 두지 않고 적었으니 교훈집이라 하기도 애매하다. 단편적이고 짧은 문장들이 아무렇게나 늘어져 있는데, 처음에 나는 그의 친절하지 않은 잠언 형식의 토막글이 당황스러웠다. 그러나 쉽게 읽을 수 없는 책은 당혹감을 안겨 주기도 하지만, 동시에 호기심을 자극하기도 한다.

> "우주가 무엇인지 알지 못하는 자는 자신이 어디 있는지 알지 못한다. 자신이 무엇을 위하여 태어났는지 알지 못하는 자는 자신이 누구이며 우주가 무엇인지 알지 못한다." (마르쿠스 아우렐리우스, 『명상록』, 8-52)

언뜻 보기에 이 책은 스스로를 세뇌시키기 위해 쓴 것 같기도 하다. 끊임없이 무언가를 상기시키고 있는데, 그 내용이 때론 누구든 납득할 수 있는 도덕적인 지침일 때도 있다. 그러나 또 어떤 때엔 우주니 자연이니 뜬구름 잡는 소리와 같은 말들을 늘어놓기 일쑤다. 우주란 해와 달, 수금지화목토천해(명), 이런저런 은하들, 뭐 그런 게 아니던가? 얼핏 보기에 아우렐리우스의 말은 생뚱맞아 보인다. 그러나 거꾸로 아우렐리우스에겐 오늘날의 사람들, 그러니까 자신이 누군지도 우주가 무엇인지도 알려고 하지 않는 오늘날의 사람들이야말로 이상하게 보일지도 모른다.

물론 우리는 과거에나 현재에나 우주가 무엇인지 정확하게 알 수는 없다. 다만 우리는 우주를 어떻게 생각할지, 어떤 태도로 대할지에 대해 생각해 볼 수 있다. 우주에는 변하지 않는 것이 딱 하나 있는데, 모든 것은 변한다는 사실이다. 소멸하고 변화하는 것이 나에게서만이 아니라 이 우주에서 벌어지는 일이라면, 그러니까 변화가 섭리이고 필요한 일이라는 걸 이해하면 우리는 유한한 것에 얽매이지 않을 수 있다. 모든 것은 변하는데 이 와중에 우리는 무엇을 높게 평가할 수 있단 말인가? 곰곰이 살펴보면 우리가 처해 있는 이 현재란 그저 한순간에 불과하다는 것을 알 수 있다. 그러나 동시에 우주를 염두에 둔다면 우리는 동시에 생성과 소멸의 시간은 짧아도 그 전후의 시간은 끝이 없다는 것을 깨닫게 되고, 이에 따라 '자신을 위한 드넓은 공간'을 갖게 된다. '자신을 위한 드넓은 공간'을 갖는 건 이런 게 아닐까?

한때 밑도 끝도 없는 두려움에 사로잡힌 적이 있었다. 우리집 강아지가 죽음의 고비를 넘기고 간신히 살아난 뒤로, 소중한 친구 한 명이 세상을 먼저 뜬 뒤로, 죽음에 대한 공포가 심해졌다. '나 혹은 내 주위의 누군가가 당장이라도 죽는다면 나는 그것을 감당할 수 있을까?' 평소였다면 쓸데없는 감정에 빠지지 않기 위해 이런 생각을 피했을 것이다. 그러나 『명상록』을 읽고는 약 1년간 시도 때도 없이 죽음을 떠올렸다. 자아의 소멸과 생명의 유한함에 대한 공포가 올라올 때마다 아우렐리우스의 말을 되새겼다. 끊임없이 변하고 있는 이 세계를 그려 본 뒤 그 안에서 역시 변하고 있는 나를 위치시키고 나면 마음이 차분히 가라앉았고, 살아 있는 지금 이 순간을 그저 즐거워할 수 있게 됐다(욜로!). 나 자신에게도 내 주변의 존재들에게도 과한 의미를 부여하지 않을 수 있기 때문이다.

> "보편적 자연이 하는 일이란 여기 있는 것을 저리로 옮기고, 변화시키고, 여기서 들어올려 저리로 나르는 것이다. 만물은 변화에 불과하므로 새로운 것과 마주칠까 두려워할 필요가 없다."(마르쿠스 아우렐리우스, 『명상록』, 8-6)

그러니까 아우렐리우스의 말을 빌리자면 나는 일종의 '수련'을 한 것이었다. 이 '수련'은 그의 말마따나 마음을 넓히는 데 큰 도움이 됐다. 어떤 일이 자신의 능력치를 벗어나 있을수록, 당면한 문제일수록 시선이 멀리 가지 못하고 눈앞에 고정되기 쉽다. 〈길드다〉 친구들과 함께 일하다가 종종 버거운 일을 맞닥뜨리게 되면, 감정이 제어가 안 되거나, 생각을 하기도 전에 몸이 거부반응을 일으키곤 했다. 이럴 때 나의 마음이 옹졸해지는 것은 시야가 좁기 때문이었다. 만물이 불변하는 듯이 특정한 의견을 덧붙이고, 외부로부터 고통을 받고 있는 듯 생각하는 것은 스스로 자초한 일이다. 아우렐리우스의 말을 따라 공간적으로 넓혀서, 시간적으로 늘려서 현재를 관조하고 나면 나를 괴롭히는 판단으로부터 벗어날 수 있다. 협소하고 고정된 판단에서 벗어나서야 다음으로 나아갈 수 있는 조그마한 씨앗과 단서들을 발견할 수 있게 되고, 현실적인 조건이 달라지지 않았다 하더라도 나의 마음의 변화가 지금 처한 문제를 다르게—혹은 제대로—만날 수 있게 한다. 현재의 고통으로부터 자유로워지는 것, 운명을 사랑하는 것은 모두 자신이

해내야만 하는 일인 것이다.(아모르파티!)

할아버지에게 물어보자

늘 내가 받은 감흥을 친구들과도 나누고 싶다고 생각했지만, 마음처럼 쉽게 되지는 않았다. 유튜브를 준비할 때만 수월하지 않았던 게 아니었다. 〈길드다〉 친구들과 회의를 할 때나, 사석에서 공부한 것을 전할 때도 큰 어려움을 겪었다. 한편으로는 함께 공부하지 않기 때문에 사용하는 언어가 달라서 생기는 문제이기도 했고, 나의 공부와 말하기 능력이 부족한 탓이기도 했다. 그러나 다른 한편으로 나는 친구들이 고전에 대해 갖는 막연한 거리감 같은 것을 느낄 수 있었다. "옛날 책 말고 요즘에 나온 책을 읽자!" 꼭 〈길드다〉 친구들만의 일은 아니다. 주변에 현대철학이나 미학에는 관심을 갖는 친구들은 꽤 있지만, 고전공부를 하고 싶어 하는 친구는 만나 본 적이 거의 없다.

고전을 읽는 건 '올드'하지 않다. 사실 과거나 현재나 세상사는 엇비슷하다. 어떤 땐 책이 어제 쓰였다고 해도 믿을 수 있을 것 같다. 그런 덕분에 사람들은 오래된 책을 읽으면서도 공감할 수 있는 것이다. 또 다른 감각을 가진 사람들의 이야기를 읽는 건 지루하지 않다. 감조차 잡히지 않던 것을 몇 차례의 수고를 들여 이해하게 되는 과정은, 그 대상이 무엇이 되었든 즐거움을 준다. 누군가는 고전을 읽는 것을 보고 옛날로 돌아가자는 것이냐고 묻기도 하는데, 물론 그럴 리는 없다. 일리치는 '과거의 거울에 비추어' 세상을 봤다. 그는 게처럼 걷겠다고 말했다. 게는 도망칠 때 목표물에 시선을 고

유튜브 미니강의에서 세네카 할아버지에게 욜로에 대해 묻고 있다.
세네카 역시 오늘을 살라고 주문한다. 세네카의 주문과 오늘날의 욜로는 비슷할까, 다를까?

정하고 뒤로 걷는다. 일리치는 게와 마찬가지로 현재에 시선을 고정하고는 앞으로 걷는 대신 뒷걸음질치며 걸었다.

이는 오늘날의 확실성으로 과거를 섣부르게 판단하지 않으려는 조심스러운 시도다. 목표물을 콕 집은 뒤, 달려들지 않고 뒷걸음질치다 보면 조금 다른 것들이 보이기 시작한다. 목표물로 꽉 차 있던 시야에 주변 피사체들이 들어오는 것이다. 그제야 게-인간은 뚫어져라 쳐다보고 있던 목표물이 어느 시공간에 놓여 있었는지, 그러니까 이 지금이 어떤 흐름 위에 위치해 있는지 알게 된다. 게처럼 걷고 나면 어쩐지 협소했던 나의 감각이, 나의 시야가 부끄럽게 느껴진다. 이해되지 않는 감각들을 이해하려고 애쓰다 보면 자연스럽게 몸에 새겨지게 되고, 더이상 부끄럽게 혹은 협소하게 살고 싶지 않아서 몸에 새겨진 새로운 감각들로 다른 길을 내려고 애쓰게 된다. 오늘을 살라는 아우렐리우스의 주문을 되새기다 보면, 미래로 내달리거나 과거에 얽매여 사는 나를 발견하게 된다. 한 번 이 부끄러운 사실을 확실하게 알게 되면, 어떻게 오늘을 살 수 있을까 고민하게 되는 것이다.

고전을 읽는다는 것은 오래된 책을 읽는 것일 뿐 아니라, 그 시대의 감각이 무엇인지 익혀 보려고 시도하는 것이고, 내 몸에 체화되어 있는 오늘날의 감각을 낯설게 보려고 시도하는 것이며, 낯선 감각으로 다른 삶을 살아 보려고 용쓰는 것이기도 하다. 처음에 나는 특별한 사람이 되고 싶은 마음으로 고전을 읽기 시작했다. 그러나 지금은 기왕 태어난 김에 태어난 몫은 다해 보고 싶다는 마음으로, 세상 내 멋대로 살고 싶지 않다는 생각으로 고전을 읽는 중이다.

“왜?”라고 질문하기

2

글
김지원

천재는 스물일곱 살에 요절한다던데, 스스로 천재라 믿고 산 나는 스물여덟 살이 되어 버렸다.
대학졸업장도, 자격증도 없다. 대신 지난 5년간 공동체에서 인문학을 공부하고, 목수 일을 해왔다.
그간의 시간들을 돌아보며 앞으로의 살 길을 모색해 보려 한다.

1.
수단이 되는 삶,
“왜?”라고 질문하기

난 고등학교를 졸업하고, 군대를 다녀온 뒤, 5년간 다니던 목공소를 그만두고, 현재 준백수(반쯤은 프리랜서)가 되었다. 내 삶은 불확실성 속에 놓여 있다. 나는 기껏 모아 놓은 얼마 되지도 않는 돈을 퇴사 직전 유럽여행에 모두 썼고, 부양해야 할 가족은 없지만(어쩌다 보니 함께 살게 된 개 한 마리가 있긴 하다), 내 가족도 나를 부양해 줄 수 없다. 말인즉, 매달 월세를 내야 하고, 생활을 위한 벌이를 해야 한다.

이 상황을 타개하기 위해 내가 가지지 못한 것과 내가 가지고 있는 것을 생각해 본다. 내가 가지지 못한 것은 간단하다. 돈. 내가 가지고 있는 것은 고등학교 졸업장과 사지 멀쩡한 몸, 그리고 5년간 익힌 목공 기술이다. 누군가는 내가 가진 것을 듣는다면 충분하다고 말할지도 모르겠다. 5년치 목공 기술은 아무나 가지고 있는 것이 아니기 때문이다. 그러나 기본적으로 사회는 남들이 가지지 못한 것보다도, 남들이 모두 가진 것을 일단은 가지길 원하는 것 같다. 대학 졸업장이 그렇고, 자격증이 그렇다. 남들이 가지지 못한 무언가는, 이런 필요가 만족될 때에만, 충분한 것이 된다.

여행이라는 목적

나는 다행히 고등학교 졸업장은 가졌지만, 불행히도 대학 졸업장은 가지지 못했다. 음악을 좋아했던 나는 음대를 가고자 했으나 내가 원한 대학들은 나를 원하지 않았다. 물론 다시 도전할 수도 있었다. 그러나 음대를 가기 위해 좋아하는 음악을 의무감으로 해야 한다는 것, 그리고 이미 3년 남짓을 그렇게 준비했다는 사실이 나를 지치게 했다. 또다시 1년을 의무감으로 음악을 하는 것은 내가 하고 싶은 것이 아니었다. 그런 과정은 현재의 내 삶을 즐겁게 하고 풍요롭게 하던 음악을, 미래의 더 나은 삶을 위한 수단으로 만들었다.

대학에 모두 떨어지고, 용돈을 벌어야 했던 나는 여러 곳에서 알바를 했다. 빵집, 편의점, 스크린 골프장 카운터, 공사 현장, 이사 현장 등. 돈을 벌고, 쓰는 경험은 나름대로 재미있었다. 알바를 하면서 사람들을 만났고, 의외로 대학을 가지 않은 사람이 많다는 사실을 알게 되었다. 한 달에 90만원 남짓을 벌면서 순진하긴 했지만 나는 '이렇게 살 수도 있겠구나!' 하는 생각도 들었다. 그러나 사람들의 생각은 달랐다. 알바는 지나쳐 가는 곳이다. 나보다 늦게 들어온 내 또래의 알바생도, 2년 넘게 같은 곳에서 알바를 하고 있던 형·누나들에게도 마찬가지였다. 그들은 우리가 만나고, 먹고, 사는 이 일터를 다음 단계를 위해 지나쳐 가는 곳으로, 지나쳐 가야 할 곳으로 생각하고 있었다.

나는 열심히 모은 돈으로 열심히 술을 마셨다. 친구들은 대부분 대학생이거나 재수생이었다. 그런데 나는 그들과 나 사이 어딘가에 차이가 있다는 걸 느꼈다. 똑같은 술을 마시는데도, 목적이 있는 그들에게 술은 휴식이고 여가인 반면, 나에게는 술이 목적 그 자체인 것처럼 되어 버렸다. 왜냐하면 그들은 어떤 목적을 위해 대학을 다니고 있지만, 나는 특정한 목적 없이 알바를 하고 있었기 때문이다. 술을 마시기 위해 돈을 벌고 있다! 그러니 친구들은 나에게 물을 수밖에. "뭐하고 살 거냐?"라고. "필리핀 여행을 계획하고 있다"고 말했다. 사실 구체적인 계획은 없었지만, 가고 싶다는 마음은 있었다. 누구에게라도 삶의 목적이 술인 것보다는, 아무래도 여행이 더 멋지다. 그때부터 내 삶의 목적은 필리핀 여행이 되었다. 친구들은 부럽다고, 멋지다고 말했다. 신기하게도, 말의 힘인지 술의 힘인지, 나는 그해 가을 정말 필리핀을 가게 되었다. 따지고 보면 신기할 것은 없다. 겨울에 입대하게 된 나는 말만 떠벌리는 사람이 되지 않기 위해서라도 여행을 가야 했으니까. 나름의 절박함이었다. 여행을 가기 두 달 전부터 일을 조금 늘리고, 술을 조금 줄였다.

무엇을 위해?

돈이 없었던 나는 돈을 아끼기 위해서 '홈스테이'를 선택했다. 홈스테이는 마닐라 소재 NGO를 통해 난개발로 사라져 가는 판자촌 동네에 머무르며 일도 돕고, 생활을 함께하는 일종의 국제교류-체험 프로그램이었다. 보통은 하루이틀 정도의 짧은 체험으로 끝나는 홈스테이를 나는 개인적으로 가정에 부탁해서 2주 동안 머물렀다. 내가 머물던 가정이 동네의 조그만 구멍가게를 하는 집이었던 덕에 나는 동네 사람들 대부분을 알게 되었다. 또 음악을 하는 친구였던 그 집 아들 덕에 밤마다 동네 클럽에 가서 친구를 사귈 수 있었다. 그리고 나는 내가 예상했던 것과는 다른 그들의 삶의 모습에 놀랐다.

그들의 삶은 흔히 우리가 생각하는 것처럼 불행하지 않았다. 물론 서울에서 누리는 소위 위생적인 삶이나, 편리한 교통 시스템, 교육, 의료 복지 혜택 등 '선진국의 삶'으로부터는 한참 떨어져 있다. 그러나 그것이 모든 삶의 기준이 될 필요가 없다는 사실을 나는 새삼 깨달았다. 내가 본 그들의 모습은 이랬다. 나는 처음 내가 머물 집에 갔던 며칠간 누가 이 집의 가족인지 도무지 알 수가 없었다. 20여 명 남짓한 사람들이 집을 들락거리는데, 모두가 이 집의 주인아주머니를 '엄마'라고 부른다. 먹을 것을 가져오고, 먹을 것을 내주고, 청소를 도와주고, 설거지를 하고, 이야기를 나누고 함께 잘 나오지도 않는 TV를 본다. 내것과 네것, 안과 밖의 경계가 모호하다. '엄마'와 두 종류의 야채를 사기 위해 집 근처로 장을 보러 가는 데 2시간이 걸린다. 길에서 만나는 모든 사람들과 20분씩 이야기를 나누기 때문이다. 아이들은 학교에 가지 않는 대신 골목에서 흙먼지를 일으키며 공을 찬다. 가끔 싸우기도 하지만 어른들은 말리지 않는다. 그걸 말리려던 나를 보고 한 아저씨가 말한다. "사람들은 평생 싸우기 때문에 그걸 배워야 한다"고. 주말에 가족을 따라간 교회는 경건함이라곤 찾아볼 수 없다. 신성모독이 아닌가 싶을 정도로 동네 사람들이 모여 춤을 추고 파티를 한다. 장난기 많은 얼굴의 괴짜 같은 젊은 신부는 미래의 행복을 위한 눈물의 기도가 아닌, "현재 즐거움을 주는 기쁨의 신앙이 진짜"라고 말한다. 난 교회가 이런 식이라면, 한국에서도 다닐 수 있겠다고 생각했다.

한국에서와 마찬가지로 그곳 친구들은 음악을 듣고 술을 마시며 나에게 무엇을 하는지, 무엇이 되고 싶은지를 물었다. 그러나 그들은 "무엇을 위해?"라고 묻지 않고, "왜?"라고 물었다. 이 두 질문은 언뜻 같은 말인 듯 보이지만, 다르다. 전자는 내 행위를 더 나은 삶을 위한 수단으로 가정한다. 그렇게 함으로써 현재는 언제나 미래를 향한다. 그러나 후자는 더 포괄적이고,

현재적인 질문이다. 여행이나 돈이 목적이라고 말하는 것은 쉽다. 그러나 "왜?"라는 질문 앞에 서면, 그런 말들은 같은 질문의 반복을 불러올 뿐이고, 힘을 잃는다. 그들은 나에게 계속해서 행복이 무엇인지를 물었다. 이어지는 질문들 속에서 나는, 미래에 행복이 있다는 것은 어쩌면 현재의 불안한 삶을 극복하기 위한 강박적인 믿음일 뿐인지도 모르겠다고 생각했다.

쓰레기통에 버려지는 하루

군 생활은 어렵지 않았다. 해야 할 일과 하지 말아야 할 일이 명확한 곳이었기 때문이다. 하루하루 무엇을 해야 할지, 어떻게 삶을 꾸려 나가야 할지 고민할 필요가 없었다.

어렵지 않았지만, 힘들지 않았던 것은 아니다. 새로운 사회에 적응해 나간다는 것은 힘든 일이다. 더군다나 군대는 상명하복의 문화, 이를 이용한 부조리와 인권침해가 보통의 일상에 산재해 있다. 이런 일상은 내 안에 일종의 분열을 일으켰다. "이렇게 해도 괜찮은 걸까?" 그러나 언제나 '그렇게 할 수밖에' 없도록 하는 일상의 흐름이 늘 문득 떠오르는 질문을 무력하게 만들었다. 사정이 이렇다 보니, 정확히 표현하자면 군 생활은 고민할 필요가 없는 것이 아니라, 고민을 하면 힘들어지는 곳이었다. 그래서 나는 하루하루를 질문하지 않은 채 열심히 보내고, 매일 밤 열심히 보낸 하루하루를 PX에서 먹은 라면 봉지와 함께 쓰레기통에 버렸다. 그리고 이 쓰레기 같은 일상을 며칠이나 더 보내야 하는지를 계산했다. 300일 남았다. 299일 남

2011년 겨울, 동계훈련을 나와서 포즈를 취하는 나. 이등병 시절엔 선임들의 눈치를 보느라 추운 줄도 몰랐다.

았다. 남은 군 생활이 줄어드는 것이 당시 나에겐 가장 큰 기쁨이었다. 그러니까 나는 현재의 삶을 끊임없이 부정하며 미래에 살고 있었다.

그런데 이상하게도, 기다리고 기다리던 전역이 얼마 남지 않게 되었을 때부터 나는 불안하고 초조해졌다. 그리고 그렇게 되자마자, 모른 척하고 쓰레기통에 버리던 내 구체적인 삶의 부분들이 눈에 들어오기 시작했다. 후임이던 시절 내가 그토록 싫어하던 한 선임의 모습을 내 모습에서 발견했다. 후임에게 빨래와 PX 심부름을 시키고, 전투화 손질을 맡기고, 불침번을 대신 서게 하고, 나는 TV 앞에서 한 발자국도 움직이지 않았다. 손가락만 까딱하면 안 될 것이 없었다. 후임들이 한쪽 구석에서 나누는 이야기를 들었다. "쟤는 걔보다 더하다." 함께 괴롭던 시절에는 같이 선임을 욕하던 사이였는데, 이제는 내가 욕을 먹고 있었다. 나는 '군대가 원래 그렇다'는 식으로 나 자신을 합리화해 왔다. 그게 늘 내가 싫어했던 선임이 나에게 하던 말이었다. 쓰레기통에 버렸다고 생각한 나의 하루들은 후임들의 뒷담화가 되어, 내 앞에 돌아와 있었다. 전역만 하면, 정말 삶이 바뀌는 것일까? 문제는 군대가 아닐지도 모르겠다는 생각이 들었다. 나는 평생 잡아 본 적도 없는 책을 읽고, 일기를 쓰기 시작했다.

그러던 중, 병영 도서관에서 파울루 프레이리의 『교사론』이라는 책을 만났다. 왠지 모르게 불온해 보이는 빨간색 표지의 책이었다. 다른 책들과 마찬가지로 책장에 꽂혀 있었는데, 유독 그 책은 꽂혀 있지 않고, 숨겨져 있는 것 같았다. 나는 내 삶과 아무런 연관도 없어 보이는 책제목에도 불구하고, 밤을 새워 가며 책을 읽었다. 책에는 이런 말들이 있었다.

"지배 이데올로기의 힘은 언제나 길들임입니다. 그리고 우리가 그 힘에 영향받고 상처받을 때, 판단이 흐려지고 우유부단해집니다. (…) 나는 유능하고 정치적 입장이 분명한 교사들이 따라야 할 전술 중 하나는 남을 길들이는 교사의 역할을 비판적으로 거부하는 것이라 믿습니다."

나는 내 삶과 아무런 관련이 없어 보였던 책을 통해, 내 전체 삶과는 관련이 없을 거라 믿으며 쓰레기통에 처박던 군 생활을 돌아보았다. 교육운동가인 프레이리가 교사들에게 쓰는 편지를 묶어 놓은 이 책이 결국은 불합리한 권력을 비판하고 있듯이, 자꾸만 군대 밖과 분리하고자 했던 군대 안의 생활이 결코 분리될 수 없는 것임을 알게 되었다. 나의 태도가 변하지 않는다면, 군대 밖에서의 삶도 결국은 군대 안에서의 삶과 달라질 수 없다. 군대는 특수한 집단이 아니다. 특수하다는 믿음이 합리화를 도와주는 것뿐이다. 언제까지 현재를 부정하며 살아갈 수 있을까.

"왜?"라고 질문하기

어떻게 하면 현재에 살아갈 수 있을까——이런 질문을 가지고 전역한 나는 인문학 공동체 '문탁네트워크'를 만났다. '무엇을 하면서 살아가야 할까?'가 아니라, '어떻게 살아가야 할까?'라는 질문을 가졌기에, 직장보다 인문학을, 그리고 공동체를 먼저 찾은 것은 어쩌면 당연한 귀결이었는지도 모른다. 문탁넷은 함께 책을 읽고, 세미나를 하고, 글을 쓰고, 밥을 나눠 먹고, 여러 가지 활동을 하는 공동체다. 나는 이곳에 오자마자 남들에겐 유명하지만 나에겐 금시초문인 철학자들의 책을 읽었다. 연암 박지원, 지그문트 바우만, 슬라보예 지젝, 그리고 미셸 푸코…. 중·고등학교 공부도 제대로 하지 않았던 내가 이런 어려운 책들을 읽는 일이 너무 즐거웠다고 한다면 과장처럼 느껴질까? 문탁넷의 공부는 필리핀 여행에서의 사람들과의 만남, 그리고 군대에서의 어떤 책과의 만남과 비슷한 효과를 나에게 불러일으켰다. 그러나 여행에서의 만남은 순간적인 것이었고, 군대에서의 만남은 무력한 것이었다고 한다면 여기엔 지속적이고 강력한 힘이 있었다.

여행을 가기 전, 나에게는 추상적인 느낌이 있었다. 대학으로 시작되어, 직장-결혼-행복한 가정으로 이어지는 당연해 보이는 삶이 행복하지 않을 수도 있다는 느낌. 친구들과 나의 삶에서 느껴지는 불안감과 불안감의 유예들. 그런 느낌을 질문으로 바꿀 수 있도록 한 것은 여행에서 만난 다른 삶의 구체성이었다. 그들의 '무엇을 위해?'가 아닌, '왜?'라는 질문으로 내 삶을 다시 바라보게 되었다. 그것은 우연적인 것만은 아니다. 나의 추상적인 질문이 나에게 영향을 미치고 있었기 때문에, 그들의 그런 말이 나에게 유의미하게 다가온 것이다. 프레이리의 문장이 그렇다. 같은 문장이라 해도 누구에게나 같은 효과를 가져오지는 않는다. 내가 가지고 있는 질문과, 텍스트에서 던지고 있는 질문이 맞아 떨어질 때, 내가 내 삶에서 찾고 있던 추상적인 것을 그가 구체적인 언어로 던졌을 때 그렇다. 그러나 그것이 순간적이고 무력했던 것은, 내 일상이 그런 질문을 하는 것보다, 그런 질문을 하지 않는 것에 더 유리했기 때문이다.

그러나 질문을 무력하게 만드는 것이 습관과 일상이듯이 질문을 강력하게 만드는 것 역시 습관과 일상이다. 대부분의 일상은 '왜?'라는 질문에 불리하게 구성된다. 앞에서 본 것처럼 알바가 그렇고, 군대가 그렇다. 따라서 질문을 유의미하게 만드는 것은 얼마만큼 질문과 맞닿은 일상을 구성할 수 있는가 하는 것이다. 문탁넷에서의 공부는 '왜?'라는 질문을 부추긴다. 이를테면 푸코의 『감시와 처벌』은 이제 막 전역한 나에게 특히 강렬하게 '권력이란 무엇인가?'라는 질문을 하게 했다. 그리고 그렇게 던져진 질문은 다른 많은 공부들, 활동들과 엮이며 구체화된다. 문탁넷에서 근처 보육원 친구들과 이런 저런 프로그램을 만들어 나간 〈악어떼〉가 나에겐 그런 경험이었다. 나는 권력이 힘 있고 돈 있는 사람들에게만 존재한다고 생각했다. 그러나 아이들이 나를 '선생님'이라고 부르기 시작하자, 그 관계로부터 교실이 구성되었다. 푸코에 따르면 권력이란 소수의 힘 있는 자들에 의해 점유되는 것이 아니다. 평범한 사람들의 일상을 통해 구성된다. 난 위계적인 관계가 싫다고 생각하면서도 아이들을 혼내고, 칭찬하고, 가르쳤다. 푸코를 몰랐다면 내가 이런 평범한 일상에 의문을 가질 수 있었을까?

어쩌면 그만큼 질문과 그에 맞는 실천을 위한 노력은 삶을 피곤하게 만든다. 그러나 우리는 질문을 참고, 모르는 척하고, 잊는 것이 또한 얼마나 피곤한 일인지를 잘 알고 있다. 우린 우리 삶을 합리화하기 위하여 부단히 노력하지 않는가? 그러니 스스로를 부정하며 '왜?'라고 질문하기란 여간 힘든 일이 아니다. 그럼에도 불구하고 그렇게 해야 하는 이유가 있다면, 그건 참고, 모르는 척하고, 잊는 것이 더 힘들기 때문이다. 수단으로 전락하는 삶이 뭔가 꺼림칙하기 때문이다.

지금부터 내가 쓸 이야기들은 나의 '왜?'들이다. 내가 지난 5년 반 동안 일하고 공부하면서 겪고, 느끼고, 마주친 것들이다. 물론, 답은 없다. 여전히 '왜?'이고, 어쩌면 끝까지 '왜?'일 것이다..

2.
그럼에도 불구하고,
나는 목수다

나는 왜 하필 많고 많은 일 중 목수 일을 하게 되었나? 우연히 그렇게 되었다. 목공소가 문탁넷 바로 옆에 있었고, 내가 전역할 당시 마침 일할 사람을 구하고 있었다. 남들이 알바하듯 일을 시작했다. 부모님은 용돈을 주지 않았지만 나는 술도 마시고, 친구들도 만나야 했다. 그럼 왜 5년씩이나 목공일을 했나? 여기엔 두 가지 이유가 있다.

첫째, 먹고 살아야 했으니까! 솔직히 말하자면 당시에 친구들이 내가 목수 일을 한다고 했을 때 지었던 표정은 한마디로 '경외심'이었다. 그래서 나는 그들의 환상을 깨트리지 않기 위해(혹은 우쭐함을 더 오래 즐기기 위해) 목수가 얼마나 멋진 일인지를 친구들에게 설파했다. 그러나 친구들에게 설파했던 꿈의 직업과 달리 나에게도 월요병은 어김없이 찾아왔고, 몸이 안 좋다는 핑계로 출근을 빼먹은 날도 많다. 그런 의미에서 보면 5년은 '관성의 힘'이었다.

그럼에도 불구하고 둘째, 내가 일한 목공소에는 '좋은 일'이라고 생각할 만한 충분한 이유들이 있었다. 기술을 배울 수 있었고, 다양한 사람들을 만났고, 무엇보다 일을 가르쳐 주신 목수님은 돈을 버는 것 외에도 가구를 만드는 일이 가지는 많은 다른 가치를 중요하게 생각하시는 분이었다. 그런 동기부여도 역시 5년간 목공일을 하는 데 분명 적지 않은 역할을 했다.

동천동의 작은 목공소 월든

내가 일한 목공소의 이름은 '월든'(Walden)이다. 처음엔 나도 몰랐지만, 월든은 19세기 미국의 시인이자 사상가인 헨리 데이비드 소로(Henry David Thoreau)의 책 제목이자, 메사추세츠 주의 호수 이름이다. 멋지지 않나? 이 책은 시장만능주의와 그로 인한 자연파괴에 대한 저항으로, 호숫가에 오두막을 짓고 홀로 산 소로 자신의 이야기를 담고 있다. 그런 만큼, 목공소는 시장만능주의와 자연파괴를 지양한다. 그러나 따지고 보면 시장만능주의와 자연파괴를 지향하는 기업은 없다. 그것이 말뿐일지라도. 그렇다면 그것을 어떻게 알 수 있을까. 개인 혹은 집단이 추구하는 가치는 그들의 말보다, 그들의 행동을 보면 알 수 있다.

월든은 사람의 몸뿐 아니라 자연환경에 안 좋은 영향을 미친다고 익히 알려진, 그러나 시장에서는 여전히 많이 쓰이는 MDF, PB 등을 사용하지 않으려 노력한다. 대신 집성목을 사용한다.* 내가 월든에서 일한 첫날, 목수님과 손님 사이에 오고 가는 이야기를 통해 나는 그 이유를 들었다. 간단하다. MDF와 PB에는 우리가 알지 못하는 화학성분이 함유되어 있기 때문이다. 양쪽 모두 톱밥, 혹은 나무 가루로 만들어진 것이 맞지만, 그들을 결합하는 과정에서 많은 양의 접착제를 사용한다. 어떤 접착제를 사용했는가? 알 수 없다. 그러나 우리가 알 수 있는 것 중 가장 의심스러운 것은 그것의 가격이다. 너무 싸다! 똑같은 부피의 가장 싼 소나무 집성목과 MDF의 가격을 비교해 보아도 5배 이상의 차이가 난다. 인체나 자연에 어떤 영향을 미치는지

* MDF(Medium Density Fiberboard)는 톱밥과 접착제를 섞어서 열과 압력으로 가공한 목재이다. 입자가 작아 단단하게 결합하여, 강도가 높다. PB(Particle Board)는 톱밥과 접착제를 섞어서 열과 압력으로 가공한 목재로, 입자가 커 결합력이 약하므로 MDF보다 강도가 약하다. 집성목은 여러 개의 좁은 원목을 결이 평행하게 배열하여 접착시킨 목재이다.

정확히 알지 못하는데, 싸다는 이유로 그것을 사용할 수 없다는 것을 목수님은 손님에게 설명하고 있었다. 중요한 점은 내가 그런 설명을 듣게 된 것이 우연이 아니었다는 것이다. 그런 설명, 때로는 싸움(?)이, 월든에서는 일상이기 때문이다. 월든은 항상 "우리는 원목만 쓴다"가 아니라, "우리는 이러저러하니 원목을 써야 한다"라고 설득한다.

환경을 대하는 월든의 이런 태도는 월든이 만드는 가구나 가구를 주문한 사람을 대하는 태도와도 닮아 있다. 기본적으로 설명할 수 있는 가격을 내고, '상대적으로' 가격을 협상, 책정한다. 똑같은 책상이라도, 월든에선 누가 주문했는지에 따라 가격이 달라질 수 있다. '상대적 가격'이란 말은 이상하게 들릴지도 모르겠다. 왜냐하면 시장에서 '공평함'이란, 사실상 '동등한 가격'이기 때문이다. 그러나 현실에서 우리는 이런 공평함이 잘 지켜지지 않는 것을 흔히 볼 수 있다. 똑같은 가격의 과일을 어떤 아이는 자기 용돈으로도 마음껏 사 먹을 수 있지만, 어떤 아이는 울고불고 엄마에게 졸라도 먹을 수 없는 경우가 그렇다. 시장의 공평함이, 많은 경우 더 큰 차별을 불러일으키기도 한다.

가구 시장에선 이런 차이가 바로 자재의 차이로 드러나게 되어 있다. 형편이 넉넉잖은 집에 가보면 대부분의 가구가 MDF나 PB로 만들어져 있다. 형편이 좋은 집은 많은 경우 원목가구가 있게 마련이다. 물론 가격을 협상하는 일이나, 상대방을 판단하는 일은 쉽지 않다. 가구를 만들 때 손님의 형편을 물어볼 수도 없는 노릇이고, 일일이 집을 찾아가 볼 수도 없다. 그래서 견적을 낼 때 대화를 많이 한다. 이는 물론 주관적인 판단에 의지하지만, 꼭 가구를 만들지 않더라도, 대화의 과정이 불러일으키는 효과는 분명 긍

목공소 월든의 모습. 2년 정도 근무한 뒤부터 나는 중고등학생들을 대상으로 한 목공수업을 맡았다.
나에게 목공을 배우던 해원이와 장난치는 모습.

정적이다. 가구도 가구지만, 환경에 대한 생각, 상품에 대한 생각, 나아가 당연하다고 생각했던 자본주의, 그리고 인간관계에 대한 생각을 매번 다시 할 수 있는 기회가 되기 때문이다.

그러나 여기는
소로의 월든이 아니다

내가 스스로 견적을 내기 시작한 것은 일을 한 지 약 1년이 지나서부터다. 대략적인 자재의 가격을 익히고, 수종(樹種)의 장단점을 이해하고, 어디에 어떤 나무가 어울릴지에 대한 감이 조금씩 생기기 시작하자 목수님은 견적을 내는 연습을 해보라고 했다. 그동안 목수님이 냈던 견적을 가이드라인 삼아 견적을 냈기 때문에 그 일이 크게 어렵진 않았다. 다만, 이때부터 나는 갈등과 혼란을 겪기 시작했다. 가격을 정하는 일은 목공소 운영에 참여한다는 의미가 되었고, 수많은 현실적인 고민을 하는 계기가 되었다.

나는 목공소 월든이 책 속의 월든이 아니라는 것을 알게 되었다. 목공소는 분명 좋은 취지로 만들어졌고 그것을 유지하려 많은 노력을 하고 있으나, 우리 활동의 목표는 자급자족이 아니다. 기본적으로 상품의 생산과 판매를 통해 목수님과 내가 생활할 수 있는 임금을 가져가는 것이 목표다. 더군다나 우리는 자연을 벗 삼아 홀로 지낸 소로와 달리, 수많은 사람들과 관계맺으며 좌충우돌할 수밖에 없다. 바로 이 점이 내가 목공소 첫날 보았던 목수님의 MDF에 대한 설득이, 때론 싸움이 되기도 하는 이유다. 가령 어떤 사람이 가구를 주문하려고 할 때 우리는 그에게 필요한 것이 무엇인지에 대

이태원 해방촌에 있는 국수 전문점 '고미태'(2018). 내가 모든 가구를 디자인하고 제작했다. 클라이언트이자 친구인 권민택 사장님은 작업자인 나를 많이 배려해 주었다. 좋은 일은 좋은 관계 속에서 만들어진다.

해 자세히 듣는다. 크기부터 시작해서 취향과 스타일, 필요, 가구가 놓일 곳의 온도나 습도까지. 그리고 이런 노력은 분명 값나가는 상품을 만들기 위한 노력이기보다는 그에게 더 적합한 것이 무엇인지를 파악하기 위한 노력, 그와 관계를 맺기 위한 노력이다. 그러나 많은 경우에 당사자가 우리의 대화를 서비스라고 생각하며 구매자가 되는 순간, 가구는 가격만 남고, 관계는 정지한다. 대화는 흥정으로 축소된다.

그래도 우리는 임금을 가져가야 하고, 월세와 전기세를 내야 하며, 나무를 사야 한다는 현실적 상황 속에 놓여 있다. 대화가 잘 풀리지 않더라도, 어쨌든 일을 해야 한다. 매번 견적을 낼 때마다 나는 이런 질문에 부딪힌다—"이 일을 해야 하나, 말아야 하나." 상대방이 생각하는 원목이 우리가 생각하는 원목과 다를 때, 상대방이 생각하는 가구가 우리가 생각하는 가구와 다를 때, 상대방이 우리의 가구를 그저 서비스로 상품으로 소비로 받아들일 때, 설득에도 한계가 있고, 선택적으로 일을 하는 것에도 한계가 있다. 그래서 내가 부딪히는 질문은 주로 나에게 묻는 것으로 끝난다. '하고 싶지 않아도 해야 하는 것은 아닐까?'라는 식으로 말이다. 그리고 다른 질문이 생긴다. 어차피 소비가 될 일이라면 "MDF를 쓰면 안 되나?", "돈이라도 비싸게 받으면 안 되나?"

무엇이 더 나쁜 일일까?

어느 날 목공소에 후배가 한 명 찾아왔다. 디자인을 배우고 있는 친구였는데, 졸업 전시에 쓸 전시용 좌대와 가벽을 만들어야 한다고 했다. 어려운 일은 아니었다. 그런데 그 친구는 돈이 없었다. 뿐만 아니라 전시용 좌대는 가구가 아니다. 전시가 끝나면 용도를 잃어버리고 쓰레기가 되는 일회용품에 가깝다. 몇 가지 습관적인 말들이 머릿속에 떠올랐지만, 그 친구에겐 무의미한 것들이었다. 이를테면 "우린 주로 원목을 권유한다"든지, "MDF는 쓰고 싶지 않다"든지, "예산이 얼마나 있니?" 하는 등의 말들. 이어서 스스로에게 떠오른 질문은, '이걸 만들겠다고 해, 말아?'

그러나 '답정너'답은 정해져 있고 너는 대답만 하면 돼'라는 뜻의 신조어다. 사실 내가 하지 않더라도 그 친구가 무사히 졸업을 하려면 누군가는 그 일을 해야 한다. 그리고 그 누군가는 분명히 MDF를 사용할 것이며, 내가 돈 없는 그 친구에게 애써 부르고 싶지 않은(그 친구에게는 비싼) 가격을 나보다 훨씬 쉽게 부를 것이다. 나는 결국 그 일을 했고, 끝내 외면하고 싶던 작업물의 폐기까지 내 손으로 직접 했다. 내가 스스로 위안을 삼았던 것은, 좀 비싸긴 해도 우리가 MDF 대신에 덜 해롭다고 생각되는 일반합판을 사용했다는 점이었다. '어차피 소각될 것이라면 본드덩어리보다는 합판이 낫지 않을까?'

나는 이 일과 비슷한 일련의 경험들을 통해, 내가 처하는 선택의 상황들이 늘 제한적이라는 것을 알게 되었다. 내가 시장이나 환경에 영향을 미칠 수 있는 것들은 언제나 아주 미미한 것들뿐이다. 위에 든 예처럼 MDF 대신 합판을 쓰고, 합판 대신에 원목을 쓰는 일. 가구를 더 오래 쓰도록 에어타카 대신 나사 결합이나 장부맞춤(tenon jointing)을 하는 일.* 싸고 빨리 마르는 페인트 대신 천천히 마르고 시너 냄새가 덜 나는 오일을 쓰는 일. 그러나 그마저도 무엇이 더 나은 것인지 확신이 서지 않을 때가 많다.

언젠가 한번은 인터넷으로 목공소가 주로 사용하는 집성목의 새로운 종류에 대해 찾아보던 중, 집성목을 제조하는 해외 공장의 홍보영상을 보게 되었다. 난 그 규모에 놀랐고, 나무들이 베어져 나간 숲의 커다란 구멍들에 놀랐다. 몇 년 전 산림 관련 국제기구인 FAOFood and Agriculture Organization of the United Nations는 목재를 위한 벌목에 의해 매해 얼마나 많은 산림 면적이 줄어들고 있는지를 발표했다(2016). 이에 여러 국가들은 불법 벌채된 목재에 대한 거래의 제한을 강화하는 제도를 도입하기 시작했다. 그러나 아직 이러한 제도를 도입하지 않은 우리나라에서는 역시 제도를 도입하지 않은 중국산 목재의 수요가 급증했다. 중국산 목재의 공급이 늘고, 상대적으로 수요가 줄어든 다른 나라의 목재는 재고가 떨어지는 경우가 빈번하다. 찜찜한 마음에 돈을 더 들여 비싼 목재를 사겠다고 해도, 파는 사람이 없다. 과연 이런 현실에서 MDF, 합판, 집성목 중 무엇이 보다 나은 선택이라고 말할 수 있는 것일까?*

* 나무와 나무의 결합에는 여러 가지 방법이 있다. 자주 이용되는 세 가지 방법은 ①에어타카를 이용한 결합, ②나사를 이용한 결합, ③맞춤이다. ①의 방법은 본드를 칠하고 공기의 압력을 이용해 타카 못을 박아서 결합하는 것이다. 작업속도가 빠르다는 장점이 있지만 상대적으로 나무의 수축팽창과 가구에 가해지는 인력에 약하다. ②의 방법은 드릴과 드라이버를 이용해 나사를 박는 것이다. 가구에 가해지는 인력에는 에어타카 결합에 비해 강하지만, 나사의 재질과 수축팽창을 겪는 나무의 성질을 고려하면 부족함이 있다. 에어타카에 비해 작업 속도는 느린 편이다. ③의 맞춤은 서로 다른 부재를 깎거나 구멍을 파서 끼우는 결합 방법이다. 나무와 나무의 결합이라는 점에서 수축팽창, 인력 모두를 적절히 고려할 수 있다. 그러나 상대적으로 시간과 정성이 많이 든다.

그럼에도 불구하고

그럼에도 나는 MDF보다는 합판이, 합판보다는 집성목이, 그리고 중국산 집성목보다는 캐나다산 집성목이 낫다고 얘기하기로 마음을 정했다. 그렇게 하지 않으면 아무것도 할 수 없기 때문이다. 나는 일련의 사건들을 통해, 삶을 제한하는 조건들은 언제나 존재한다는 것을 알았다. 그건 비단 내가 어떤 목재를 선택할 것인가 하는 문제에 한정되지 않는다. 오늘은 무슨 옷을 입을 것인지, 어떤 음식을 먹을 것인지 따위의 사소한 일상에서부터 시작된다. 그런 의미에서 어쩌면 아무것도 하지 않는다는 것은 가상의 선택지일 뿐이다. 현실에서 그런 것은 없다. 대통령 선거에서 기권표도 그 나름의 의미로 해석되는 것처럼 말이다.

무언가를 만드는 일은 내가 목수님에게 배운 대로라면, 끊임없이 묻는 일이다. 견적을 내고 돌아와서 혼났던 적이 여러 번 있다. 견적을 싸게 냈네, 비싸게 냈네 하는 것이 그 이유는 아니었다. 비싸든 싸든 '왜 이런 가격이 나왔는지'를 거꾸로 추적할 때, '왜 이런 모양으로 도면을 그릴 수밖에 없었는지'를 되물을 때 대답하지 못하면, 그때 혼났다. 만드는 일은 그것이 제대로 되려면, 하다못해 나무와 나무를 결합할 때 피스를 두 개 박을까, 세 개 박을까 하는 사소한 문제에도 이유가 있어야 한다. 한 고등학생과 목공수업을 하는데, 이 녀석이 피스를 세 개 박아야 할 자리에 두 개를 박기에 왜 두 개를 박느냐고 물었다. 한 치의 망설임도 없이 대답했다. "귀찮아서요." 그러나 그것도 어떤 경우엔 충분한 이유가 된다. 하루 종일 학교에서 무언가를 하다

온 녀석이 본인이 딱히 원하지도 않았는데 보내져서 온 목공수업에서 피스 세 개 대신 두 개를 박는 것은 이해할 만한 이유다. 그리고 보다 중요한 것은, 이유의 옳고 그름이 아니라, 그것을 '이야기해 볼 만한 것으로' 만드는 데에 있다.

우리가 선택할 수 있는 것은 적거나, 이미 정해져 있다. 그러나 아무것도 하지 않는 것은 불가능하다. 그렇다면 무엇을 어떻게 해야 할까. 우리가 할 수 있는 일은 "그럼에도 불구하고" 어떤 이유를 찾아내는 것 아닐까? 그럼에도 불구하고 내가 목수인 것처럼.

3.
평양냉면과
퇴사

5년간 일했던 목공소를 그만두고 8개월이 지나자 실업급여도 끊겼다. 현재 나는 반쯤은 공부하는 백수지만, 반쯤은 프리랜서 디자이너로 일하고 있다. 아무래도 스스로 하는 일이라 돈 관리나 시간 관리에서 어려움이 많지만, 일하는 시간에 비해 벌이는 전보다 좋다. 그런데 왠지 여유가 생겼다는 느낌은 별로 들지 않는다. 시간도, 벌이도 분명 더 나아졌는데 통장 잔고는 여전히 쓸쓸하다. 왜일까? 내가 비싼 평양냉면을 너무 많이 먹었나? 나는 내가 벌고 쓴 돈이 얼마인지, 내가 시간을 어떻게 보내는지를 계산해 보기로 마음먹었다.

헉. 이럴 수가. 나보다 적게 버는 누구도 월 50만원을 적금을 붓는다는데, 나는 그것의 배 이상을 노는 데 쓴다. 요즘 사람들은 이런 소비생활을 두고 '욜로'라 부른다. 욜로는 '인생은 한 번뿐이다'를 뜻하는 You Only Live Once의 앞 글자를 딴 용어로, 현재 자신의 행복을 가장 중시하여 소비하는 태도를 말한다. 미래 또는 남을 위해 희생하지 않고, 현재의 행복을 위해 소비하는 라이프스타일이다. 요즘은 이와 비슷한 용어가 홍수처럼 쏟아진다. '소확행', '워라밸', '케렌시아'….

인생은 한 번뿐

우선 이런 라이프스타일이 등장하게 된 데에는 그 나름의 배경이 있다. 말할 것도 없이 요즘 청년들은 취업도, 정년도, 내 집 마련도 보장되지 않는 불확실성의 일상을 산다. 10년 전까지만 해도 나는 아빠가 신봉한 『아웃라이어』(Outliers)의 1만 시간의 법칙을 멋지다고 믿었다. 누구든 1만 시간을 한 가지 일에 투자하면 장인이 될 수 있다는 주장 말이다. 그러나 이제 그런 주장을 하는 사람은 그냥 '라이어'(liar)다. 1만 시간을 한 가지 일에 투자할 시간이 없을뿐더러, 실상 사회는 장인이 아닌 졸업장, 자격증을 가진 전문가를 원한다. 그마저도 통로 자체가 매우 제한적이다. 이런 배경 속에서 청년들은 현재의 고통과 미래의 성공을 교환하는 대신, 불확실한 미래와 확실한 현재의 쾌락을 교환한다.

그런데 이해할 만한 현실에도 불구하고 나는 어쩐지 욜로, 소확행과 같은 말들이 '트랜드'라거나, '라이프스타일'로 불리는 것이 불편하다. 내 친구 천수는 자칭 욜로다. 천수는 아주 열심히 일한다. 좋지 않은 가정환경에서 자라, 어릴 때부터 온갖 종류의 일을 해왔다. 퇴근 후엔 소소하게 술자리 갖는 것을 좋아하고, 주말이나 휴일엔 여행 동호회 사람들과 어울리며 짧은 국내여행을 즐긴다. 그러나 내가 불편한 것은 그런 천수의 삶이 아니다. 힘들게 일한 돈으로 여가를 즐기는 것을 가지고 내가 불편해할 이유는 없다. 다만 내가 불편한 것은 천수가 스스로를 욜로로 규정한다는 사실이다. 그렇게 스스로를 규정함으로써 당연하다고 받아들이게 되는 것들이 있다. 바로 소비와 개인성이다. 욜로는 취업, 정년, 내 집 마련을 보장받지 못하는 현실에서 비롯된 것인데, 나는 이러한 현실의 원인이 사실상 소비와 개인성을 강요해 온 자본주의사회라고 생각한다.

알바생만 늘고 정규직은 손에 꼽는 이유, 정년을 보장받지 못하고 치킨집을 차리지 않으면 안 되는 이유, 평생을 일해도 내 집이 생기지 않는 이유는 내 생각에 잘못된 전제와 그에 근거한 사회적·개인적 실천 때문이다. 취업포기를 개인의 능력 탓으로 환원하고, 정년 보장이 힘든 이유를 경제 불황으로 설득하고, 사실상 투기로 인해 천정부지로 오른 집값을 소비의 자유라는 명목하에 규제하지 못한 탓이다. 한편으로 욜로는 이런 현실을 인정하고 변화를 포기한다는 점에서 사회에 대해 비판적인 시각을 갖는다. 그러나 다른 한편, 그런 현실을 만든 원인—즉 자본주의가 조장해 온 소비 중심적 삶과 개인주의적 선택—을 다시 목표로 삼음으로써 이들은 현실에 순응한다. 이런 삶을 조금만 더 들여다본다면, 우리는 욜로라는 개념이, 이 개념이 지칭하는 행복이, 이런 현실적 상황을 감추고 포장한다는 사실을 발견한다. 그러나 이런 생각을 내놓고 대화하기란 쉽지 않다. 왜냐하면 그런 말을 하는 나도 비판코자 하는 바로 그 세상에 살고 있기 때문이다.

근데
너도 똑같잖아?

내가 자본주의를 '나쁜 것'처럼 말할 때, 천수 같은 친구들은 나를 '이상주의자' 취급한다. 그건 한편으로 옳다. 자본주의에 살고 있으면서 그 조건을 부정하는 것은 현실적으로 허무맹랑한 이야기로밖에 들리지 않는다. 나도 배가 고프면 식당에 가고, 졸리면 월세를 내는 집으로 가고, 날이 추워지면 옷을 사러 백화점으로 가는 세상에 산다. 나 또한 별수 없이 소비하기 위해 퇴사 이후에도 일을 한다. "결국 너도 똑같잖아?"라는 질문 앞에서 내가 할 말을 잃는 이유다. 그러나 다른 한편, 내가 소비를 한다는 사실이 곧 나의 모든 측면을 규정하는 것은 아니다. 상황과 조건을 고려하지 않는 절대화를 우리는 근본주의라고 부른다. 그리고 이런 근본주의는 어느 누구도, 조금이라도 다른 목소리를 낼 수 없도록 만든다. 특히나, 자본주의처럼 우리가 존재하기 전부터 우리의 사회적 조건으로 구성되어 있던 것을 절대화하면, 우리에겐 아무런 선택지도 남지 않는다. 물론 나는 "결국 너도 똑같잖아?"라는 말이, 이처럼 근본주의적인 '금지'라고 생각하지는 않는다. 나 또한 소비와 이를 위한 노동을 근본적으로 반대하는 것이 아니며, 같은 세상에 살고 있다고 밝혔듯, 그럴 수도 없다.

"결국 너도 똑같잖아?"라는 질문, 혹은 그런 질문 앞에서 스스로의 자격을 돌아보는 소극적인 태도는 오히려 통일성과 익숙함으로부터 벗어나려는 시도에 대한 일종의 저항감이 아닐까 싶다. 나 자신이 당연하다고 믿고 살아왔던 것, 앞으로 살고자 계획했던 것을 부정당하는 것에 대한 심리적인 방어기제 말이다. 그러나 사실 우리는 똑같지 않다. 같은 돈을 쓴다 하더라도 저마다 돈을 쓰는 기준이 다르고, 모두들 일을 하긴 하지만 저마다 일에 대해 갖는 생각이 다르기 때문이다. 생각해 보면 이것을 똑같다고 말하는 것이 더 이상하다. 그런데 각자의 기준을 가지고 살아가는 삶이 소확행이나 욜로라는 말로 불려지면, 그리고 이것이 트랜드라 불리기 시작하면, 소비와 소비를 위한 노동을 전제해 놓은 상태에서 소비의 방식만이 문제가 된다. 이는 다른 방식으로 살고 싶다고 외치는 나 같은 사람에게도 스스로 이렇게 질문하도록 한다. "나는 욜로인가? 욜로가 아닌가?"

보통 이런 질문은 특정한 의도를 가지고 던져진다. 예컨대 A라는 자동차 회사가 광고에서 인간의 범주를 'A를 가진 자와 가지지 못한 자'로 나눌 때, 이는 명백히 이분법적으로 A를 가진 자의 우월함을 드러내기 위함이다.

반대 항을 위한 질문도 마찬가지다. 세상을 '1%와 99%'로 나눌 때, 이는 못 가진 자의 불평등을 전면에 부각시키기 위함이다. 욜로라는 단어에는 양쪽의 의미가 공존하는 듯하다. 한편에선 욜로를 트렌드라며 추켜세우고, 다른 한편에선 사회적인 문제라고 말한다. 추켜세우는 쪽에선 신용카드를 만들어 팔고, 문제시하는 사람들은 청년들의 소비습관을 지적하거나, 국가의 복지정책을 탓한다. 그러나 이 기준을 넘어 진지하게 당사자의 말을 들어 보려는 사람은 별로 보이지 않는다. 혹은, 당사자들도 이 쏟아지는 광고와 현상분석의 물량공세에 다른 방식으로 스스로를 규정하기가 힘들어진다. 여기에서 우리는 돈을 쓰는 쪽, 아니면 돈을 아끼는 쪽이다. 그러나 내가 자본주의를 문제삼는다고 해서 공산주의자가 아니듯, 우리는 범주화하지 않으면서 더 구체적으로 질문할 필요가 있다. 내가 문제삼고자 하는 것은 모든 다양성을 집어삼키는 이분법이다.

평양냉면과
퇴사

욜로라는 명명 아래, 삶의 다양한 문제에서 관심의 대상이 되는 것은 오로지 소비다. 그런 점에서 우리는 완전한 소비자 주체로, 혹은 소비자 인구로만 파악된다고 말할 수 있다. 왜냐하면 소비 외적으로 드러나는 개별 욕망과 다양한 조건들은 여기서 하등 문제가 되지 않기 때문이다. 이때 소비를 위한 전제가 되는 일—즉 노동은 삶과 완전히 분리된다. 노동은 철저히 소비를 위한 준비행위로서의 노동이다. 그러나 여기에 모순이 있다. 불확실한

평양냉면은 왜 이렇게 맛있는 걸까?

미래의 성공 대신 확실한 현재의 쾌락을 교환하는 욜로도, 결국 미래를 위한 현재의 희생에서 벗어날 수 없다! 노동과 소비 사이의 회전 속도가 빨라졌을 뿐, 원리 자체는 변하지 않는다. 오히려 즉각적인 쾌락은 벗어나고자 했던 현재의 고통에 더욱더 결합된다. 내가 사랑하는 맛있는 평양냉면을 오늘 먹기 위해서는, 결국 어제의 야근이 있어야만 하는 것이다. 욜로를 통해 사회를 바라볼 때, 즉 돈을 쓰거나 아끼는 이분법으로 세상을 파악할 때, 은폐되는 것은 바로 이 지점이다. 이때 나의 퇴사와 평양냉면 사랑은 일관된 실천으로 읽힌다. 최소한의 고통과 즉각적인 행복의 추구로 말이다.

그러나 나의 퇴사는 내가 하는 일이 자꾸만 돈 버는 일로 축소되고, 매몰된다는 생각으로부터 비롯되었다. 5년의 경험은 내가 뜻하는 바와 상관없이 내 일상적 조건이 가지고 있는 힘이 얼마나 막강한가를 알게 되는 시간이었다. 클라이언트에게 견적을 내는 방식, 일이 진행되는 방식과 같은 것들 말이다. 더군다나 함께 일하는 사람들의 욕구를 무시한 채 나 좋을 대로 일하는 방식을 바꿀 수도 없었고, 나 또한 관성으로 그런 시도를 할 수 없었다. 이런 반복은 내가 만드는 가구를 돈으로 보이게 하고, 더 많은 돈을 벌 수 있도록 하는 가구가 더 좋은 가구라고 생각하게 되는 프레임을 강화했다. 그리고 돈을 버는 일이 중요해지는 만큼, 내가 하는 일 자체는 중요하지 않은 것이 되어 버렸다. 퇴사는 이렇게 만들어져 버린 조건을 변화시키려는 하나의 시도였다. 시도의 성패와 상관없이 분명한 것은 내가 평양냉면을 좋아하는 것과 내가 퇴사를 한 이유가 하나의 동일한 욕망으로 환원될 수 없다는 점이다. 나는 그저 불확실한 미래와 확실한 현재의 쾌락을 교환하기 위해 퇴사한 것이 아니다. 이 당연해 보이는 과정으로부터 탈출해, 새로운 과정을 만들어 보겠다는 결심이 있었다.

주어진 조건을 파악하고 조건을 변화시키고자 하는 것, 나는 이것이 욜로적 소비로 설명될 수 없는 '자유'라고 생각한다. 욜로가 전제하는 것과 마찬가지로 자본주의 사회에서 자유는 소비할 자유로 파악된다. 백화점에서 물건을 고르는 것과 같은 자유 말이다. 그도 그럴 것이 자본주의가 발달함에 따라 선택의 폭은 엄청나게 다양해졌다. 이 다양함이 우리로 하여금 충분히 자유롭다는 느낌을 주자마자, 우리는 소비를 곧 자유라고 받아들인다. 그렇게 되면 우리가 부딪히는 저항은 오로지 돈의 부족함뿐이다. 욕망과 저항의 진공상태가 만들어지는 것이다. 그러나 세상에는 우리가 내리는 선택들에 훼방을 놓는 보다 다양한 욕망과 저항들이 있고, 다양한 저항들과의 결합 속에서만 우리의 욕망은 선택을 내린다. 따라서 진정한 의미의 자유는 역설적으로 다양한 한계들—돈을 포함해 나에게 주어진 조건들—을 찾아내고, 인정하며, 변화시키려 노력하는 것이다.

조금 더!
다양하게

『돈의 철학』의 저자 게오르그 짐멜이 이야기했듯, 돈을 쉽게 쓰는 사람일수록 돈에 대한 의존도가 높다. 이는 돈을 매개로 한 사회적 관계에 대한 의존도를 말하는 것이며, 다른 의미에선 돈의 사용이 곧 돈으로 맺어진 사회적 관계를 재생산한다는 말이다. 예컨대 원시사회에서는 현재와 같은 돈을 통한 교환이 매우 적었거나 없었고, 그만큼 스스로 해결해야 할 것들이 많았다. 그러나 현대인인 우리는 스스로 해결해야 할 것은 매우 적고, 돈을 벌면 그뿐이다. 돈을 통해 더 쉽게 다양한 관계를 맺을 수 있게 되었기 때문이다. 마찬가지로 내가 사회에서 순수하게 목수로 기능할 수 있는 것은 다른 많은 직업들이 내 삶에 필요한 순수한 기능들을 해결하고 있기 때문이다.

이렇게 보면 돈이라는 매개수단을 통한 사회적 관계의 확대가 꼭 나쁜 것은 아니지만, 소비에 의해 정향되는 노동의 목표로부터 탈주하기 위해서는 분명 이 의존으로부터 어느 정도의 독립성을 끌어내야 한다. 관계의 확장이 늘 유쾌한 결말만을 가지고 오는 것은 아니기 때문이다. 앞서 말했듯, 이 매개수단의 절대화가 다른 많은 가치들의 중요성을 잠식시킨다. 일 자체가 가지는 행복의 가능성, 돈으로 환원될 수 없는 삶의 많은 부분은 중요한 가치에서 제외되는 결과를 가지고 온다. 이때, 독립성의 확보는 전부는 아니더라도 소비의 조절—양적인 조절과 질적인 조절 모두—을 부분적으로나마 포함할 것이다. '잘' 쓰는 것은 '잘' 버는 것만큼이나 중요하고, 이 요소들은 실제로는 결코 삶과 분리되지 않는다는 사실을 잊지 말아야 한다.

덧붙여, 따지고 보면 새삼스러울 것도 없이 인생이 두 번이었던 적은 한 번도 없다. 인생은 언제나 한 번뿐이었다! 그런데 왜 한 번뿐인 인생을 개인적 소비와 소비를 위한 노동으로 일축해야 하는가. 진짜 인생이 한 번뿐이라면, 더 상상하고, 더 자유로워야 하는 것 아닐까? "You Only Live Once"는 소비로 축소되지 않는, 조금 더 다양한 삶의 방식들이 점유해야 할 문장이다.

4.
여전히,
쪽파가 철탑을 이길 겁니다

2015년 4월 17일에 나는 경찰에 연행되었다. 집회 및 시위에 관한 법률, 도로교통법 위반. 그날은 세월호 1주기 추모집회가 있었던 날이었다. 거센 시위였다. 정부의 은폐 의혹이 날이 갈수록 심해졌고, 사람들은 더이상 참을 수 없다며 거리로 나왔다. 나도 그중 하나였다. 시위 행렬의 뒤쪽에 있던 나는, 함께 간 친구와 함께 앞으로 조금씩 나갔다. 앞으로 갈수록 시위는 거칠었다. 아니 내가 기억하기에, 시위가 거칠었다기보다는 경찰의 진압이 거칠었다. 간혹 경찰버스 위에 올라가 욕을 해대는 사람도 있었지만, 무장한 경찰 앞에서 그들이 할 수 있는 것은 욕이 전부였다. 물대포를 쏘고, 방패로 밀고. 눈 깜짝할 새에 나는 방패 바로 앞에 서 옆사람과 팔짱을 끼고 있었다. 경찰의 무전기 소리를 들었다. 방패 사이로 물총 같은 것이 나와 내 눈에 액체를 쐈고, 화끈거리는 눈을 뜰 수가 없었다. 눈을 비비려 잠깐 옆사람과 팔짱을 푼 사이 나는 방패 사이로 끌려 들어갔다. 경찰들도 화가 나 있었다. 그들은 방패 안쪽으로 넘어진 나를 군화발로 걷어차며 어디론가 끌고 갔다.

그들은 나를 경찰 버스에 태웠고, 곧이어 나와 비슷한 경험을 한 듯 보이는 사람들이 몇 명 더 탔다. 버스에 올라온 사람들은 유경험자처럼 보였다. 잔뜩 긴장한 나에게 그들은 괜찮다며 경찰한테 아무 말도 하지 말라는 조언도 해주었고, 경찰에게 욕도 하고 경찰과 날 선 농담도 주고받았다. 나는 서초경찰서로 향하는 경찰 버스에 앉아서 생각했다. 내가 뭘 잘못한 걸까? 아무리 생각해도 내가 뭘 잘못한 건지 모르겠다. 그리고 덜컥 눈물이 났다. 밀양이 생각났기 때문이다. 밀양 사람들도 아마 이렇게 질문했겠지, 하는 생각이 들었다. "내가 뭘 잘못한 걸까?"라고.

밀양을 만나다

밀양을 처음 만나게 된 것은 2012년 겨울이다. 당시에 나는 아무것도 모르고 문탁넷 사람들을 따라 삼성역에 나가 765kv 송전탑 건설을 반대하는 팸플릿을 돌렸다. 당시 삼성역엔 한전 본사가 있었다. 추운 날씨였지만 함께 공부하는 사람들이니 어련히 좋은 일을 하고 있겠지, 하고 생각했다. 그러다 다들 천막에 들어가기에, 나도 따라 들어가서 따뜻한 믹스커피를 한잔 얻어 자리를 잡았다. 난 밀양에서 올라오신 할머니들이 하는 이야기를 듣고서야 내가 무엇을 하러 온 것인지를 알게 되었다. 한전의 행패, 막무가내 식의 국책사업, 돈으로 찢어진 마을공동체….

커피를 한잔 하고 밖에 나오니 점심시간이었다. 양복을 입은 근처의 회사원들이 전부 거리로 나왔다. 아마 한전 직원들도 우리 앞을 지나갔을 것이다. 다들 비슷한 옷을 입었으니 누가 한전 직원인지는 알 길이 없었다. 아무에게나 팸플릿을 나눠 주었다. 대부분 거절했고, 간혹 받아갔다. 그러다 한 할아버지가 나에게 호통을 쳤다. "대낮에 젊은 사람이 할 일이 없어 쓸데없는 짓을 하고 있냐"는 것이었다. 공부를 해서 세상을 바꿔야지, 전단지 돌린다고 세상이 바뀔 것 같냐고. 난 좀 당황했지만 웃어넘겼다. 웬 아저씨는 나에게 "넌 전기 안 쓰냐?"는 식으로 묻기도 했다. 난 대답하지 않았다. 난 세상을 바꾸러 나온 것도 아니고, 전기 안 써서 나온 것도 아니었다. 문탁넷 사람들이 같이 가자기에 따라간 것뿐이다. 그런데 이런 날 선 비난들 앞에서 난 질문이 생겼다. 멀쩡히 살던 땅에 송전탑이 들어온다기에 그것에 반

한국전력에서 전봇대에 붙인 '충돌주의' 경고문의 일부. 행정대집행 전까지의 밀양은 언제나 긴장감의 연속이었다.

대하는 것이 이렇게 비난받을 일인가? 난 이 추운 겨울에 멀리 서울까지 올라와 천막을 쳐 놓고 이야길 하는데도 무시받는 할머니들에 대한 모종의 연민을 느꼈고, 돕고 싶다는 생각이 들었다. 그런 마음으로 찾아간 다음 해의 밀양 농활에서 나는 동화전 마을 사람들을 만났다.

이분들은 농활을 온 우리를 '연대자 분들'이라고 불렀다. "연대자들이 와줘서 고맙고 힘이 된다"는 말은 어쩐지 어색했다. 평상시 그런 말을 들어본 적도 없거니와, 난 엄밀히 말하자면 연대자의 자세 같은 것을 가지고 온 것도 아니었다. 송전탑이 들어설 것이라는 밀양에 대한 궁금증 반, 돕고 싶다는 마음 반이었다. 막상 가서 보니, 밀양은 여느 시골과 다를 것 없는, 아름답고 평화로운 마을이었다. 풍경도 사람들도 그랬다. 저녁에 모여앉아 마을 사람들의 이야기를 듣기 전까지는 중고등학교 때의 농활과 큰 차이를 느끼지도 못했다.

나의 문제와 너의 문제의 경계

동화전 마을의 잘생긴 대책위원장님, 어디 가서도 꿀리지 않을 것처럼 '쎄' 보이는 박은숙샘, 까칠한 츤데레겉으로 보기는 새침하고 퉁명스럽지만 따뜻한 마음을 가진 사람 귀영엄니, 뭐든 적당히 하자는 하사장님. 당시 이들이 이 마을의 송전탑 반대운동 주역들이었다. 귀영엄니를 제외하고는 모두들 말술이었다. 소주 한두 병은 거뜬히 마셨다. 술을 좋아하는 만큼 이야기도 좋아했다. 귀영엄니는 술은 잘 안 드셨지만, 술 취한 사람보다 말을 더 재미있게 하셨다.

SNS를 통해 친구들을 모아서 밀양에 농활을 내려갔다. 많은 친구들이 함께했고, 함께한 이들 모두가 송전탑이 들어서는 방식이 이상하다는 것에 공감했다.

나는 공기가 좋아 술을 많이 마셨고 취했다. 애처럼 밀양에 대해, 송전탑에 대해 이런저런 이야기를 물어보았다. 박은숙샘은 나더러 아무것도 모르고 왔냐며 핀잔을 주었고, 위원장님은 친구 따라 강남 간다며, 문탁넷 사람들을 조심하라고 했다. 아무것도 모르고 왔다가 눌러앉은 사람도 있다며.

대화는 자연스럽게 송전탑 이야기로 이어졌다. 765kv 송전탑이 뿜어대는 전자파는 형광등에 불이 들어오게 한다. 눈에 보이지 않는다고 안심할 수 없다. 비가 오는 날엔 긴 울음소리 같은 것이 들린다. 역시 눈에 보이지 않는 전파와 물이 서로 반응하는 것이다. 밀양은 송전탑 공부를 시작하며 핵발전소 문제를 함께 공부했다. 두 문제는 따로 떼어놓고 설명할 수 없을 만큼 철저하게 연결되어 있다. 밀양 송전탑은 신고리 3, 4호기가 완성되었을 때의 송전을 위한 것이었기 때문이다(2016년 3호기가 완공되어 운영 중이고, 4호기는 완공되었지만 어쩐 이유에선지 운영이 되지 않고 있다). 뿐만 아니라 마을 공동체의 파괴라는 문제도 있다. 어린 시절부터 동화전 마을에서 지내 온 손수현 아저씨는 송전탑 운동 이후 마을의 친구들, 가족같이 지내던 형님·누님들, 동생들, 동네 어른들과의 사이가 틀어졌다. 삶의 터전에 대한 문제를 한전은 돈 문제로 단순화시켰고, 힘들게 살아 온 사람들의 어쩔 수 없는 선택들은 서로를 갈라놓았다. 불난 집에 기름이라도 붓듯, 한전은 송전탑 찬성으로 돌아선 분들을 대형 버스에 태워 관광을 보내주었다. 반대자들을 방치하고 회유했다. 한전의 전략은 할 말을 잃을 정도로 유치하지만, 감정의 힘은 아주 강하다.

그런 고통 속에서도 밀양은 땅을 포기하지 않았다. 이건 삶의 문제이지, 돈의 문제가 아니었다. 하사장님은 이런 얘기를 해주었다. 송전탑을 막으려 산 중턱에 올라간 할매들이 제일 먼저 한 일은 그 땅에 밭을 일궈 쪽파를 심는 것이었다고. 송전탑을 짓기 위해 쌓아 놓았던 철물들과 포크레인은 비와 바람에 녹슬고 있었지만, 밟히고 파헤쳐진 쪽파는 더 파랗게 자라고 있었다고. 쪽파 밭 옆에는 밀양 사람들과 연대자들이 함께 흙벽돌을 하나씩 이고 지고 산을 올라 만든 황토방이 있었다. 밀양에서 돌아오는 날, 나는 황토방 한 켠에 종이를 붙이고 글자를 적었다. '쪽파가 철탑을 이길 겁니다.' 그리고 생각했다. 나도 쪽파다.

내가 우리여야 할 이유

2013년 5월 20일 오전 7시, 중단되었던 송전탑 건설 공사가 갑자기 재개되었다는 연락을 받았다. 이날은 처음으로 공사현장에 경찰이 배치된 날이기도 하다. 한국전력 직원들과 경찰들이 마을 주민들을 진압하는 과정에서 부상자도 발생했다. 난 하던 일을 멈추고, 기차표를 끊고, 서울역을 향했다. 대책위원장님이 다급해 보이는 문자를 보냈다. 난 가슴이 두근거리고 화가 많이 났다. 평범한 사람들이 평범한 삶을 지키겠다는 소박한 바람이 이렇게까지 짓밟혀야 하는가? 밀양역에 도착해 택시를 잡아탔고, 사람이 가장 없다는 84번 송전탑이 들어서는 산 아래편에서 위원장님을 만났다. 산길은 경찰이 막고 있으니, 길이 없는 곳으로 가야 한다는 것이었다. 군대에서 훈련을 나가면 벌였던 작전이 생각났다. 그래선 안 되고 그럴 일도 없었겠지만, 북한군과 전쟁이나 나야 할 법한 행동을 대한민국 경찰을 대상으로 하고 있었다. 난 국민인데, 경찰은 적인가? 경찰이 국가라면, 내가 적인가?

우린 꼬불꼬불 길 없는 산을 돌아서 반듯하게 깎아 놓은 모래밭에 도착했다. 몇 번이나 경찰을 마주칠 뻔 했지만 산을 잘 아는 위원장님이 여러 번 길을 틀었다. 잠시 쉬는 시간이었는지 모래 위에 포크레인 한 대가 덩그러니 놓여 있었다. 우리는 포크레인으로 달려가 삽 위에 앉고, 운전석에, 궤도 위에 자리를 잡았다. 오늘 공사만 막자. 하루만 막아 보자. 그게 우리 목표였다. 그러나 금세 한전 직원들과 인부들, 경찰들이 몰려왔다. 처음엔 한전 직원들이, 다음엔 경찰들이 우리를 회유하려 했다. 이렇게 몸으로 기계를 막지 말고, 대화로 풀자는 것이다. 이렇게 기계를 들이지 말고, 대화로 풀자던 것이 바로 밀양의 요구였다. 아침까지만 해도, 할매들이 매달려 소리치며 말했을 것이다. 말로 하자고. 어린 학생들이 서울에서 왔느냐고, 사람들 말에 휘둘리지 말고 공부하라고, 월요일인데 학교 빠졌느냐고, 공무집행방해죄는 빨간 줄이 긁힌단다. 제 발로 기어 나갈 생각이 없다고 하자, 대화로 풀자던 그들은 우리를 강제로 끌어냈다.

나도 쪽파다. 밀양 사람들이 약자로 보였던 만큼, 나는 내가 약자라는 사실을 새삼 발견했다. 밀양과 내가 무엇이 다른가? 내 집 앞에 송전탑이 들어서지 않았다 뿐이지, 월세가 올라가면 방을 빼야 하는 나의 상황은 이것보다 더 나을 것이 무엇인가? 내가 이 싸움을 도우러 온 것이 아니라, 이 싸움이 당장 나의 권리를 위한 싸움이었다. 국가와 자본 앞에 우리는 공통적으로 약자이고, 추방자다. 청년들은 국가로부터, 자본으로부터 매순간 추방당한다. 이룰 수 없는 것을 목표로 삼기를 요구받고, 개미지옥에서 살아남은 예외적 케이스를 신화화한다. 국가와 자본은 우리를 밀어냄으로써, 우리를 더

꼬불꼬불 산 길을 따라 올라가 송전탑 바로 아래, 농성을 위해 만들어진 황토방에 도착했다.
나도 숨이 차 죽겠는데, 어르신들은 어떻게 매일 이곳을 올랐을까?
황토방 뒤로는 할머니들이 심은 쪽파밭이 있었다. 난 적었다. "쪽파가 철탑을 이길 겁니다."

안으로 향하도록 한다. 그리고 그런 수많은 삶의 모습은 잘 보이지 않아서, 멀리 있어서, 우리와 다른 것처럼 생각하게 된다. 멀리 있다는 것은 물리적 거리가 아니다. 우리 청년들은 우리끼리도 멀리 있다. 그런 우리를 '연대자분'이라고 부르던 밀양 사람들은 이제 나를 '지원씨', '아들'이라 부른다.

법 앞에서

세월호 1주기 때 연행되었던 것에 대한 재판은 2015년 말부터 2016년 초까지 세 번에 걸쳐 진행되었다. 생각했던 바와 달리, 일본의 유명 게임 〈역전재판〉이라거나, 미국의 법정 드라마 〈슈트〉 같은 긴장감은 없었다. 판사가 종이를 읽으면 검사가 영혼없이 구형을 하고, 변호사가 짧은 변론을 한다. 벌금 200만원을 구형하는 검사의 눈빛엔 영혼이 없다. 200만원이라니. 나에겐 아주 큰돈인데. 난 다행인지 불행인지, 선고유예 판결을 받았다. 카프카의 단편소설 「법 앞에서」가 생각났다. 시골에서 온 한 남자가 "법" 안으로 들어가길 원하지만 덩치가 큰 문지기가 그를 가로막고 기다리라고 한다. 안으로 들어가려는 전 생애 동안의 시도는 계속해서 문지기의 기다리라는 말에 의해 실패한다. 후에 문지기는 죽어가는 시골 사람에게 이 입구는 단지 그만을 위한 것이었다고 말을 전하고 문을 닫는다.

세월호 사건 이후 금세 밀양은 엄마들과 연대했다. 이는 한편으로 놀라운 일이었지만, 다른 한편으로 당연한 일이었다. 이들의 아픔은 닮은 구석이 있었다. 그리고 그 아픔은 고스란히 나에게 와서 닿았다. 왜 할매들이 엄마들과 그렇게 빠르게 연대할 수밖에 없었는지, 나는 직관적으로 알고 있었다. 내가 밀양에 느낀 것을 밀양은 엄마들에게 느꼈다. 엄마들은 밀양의 할매들에게 미안하다고 말했다. 더 빨리 오지 못해서 죄송하다고 했다. 할매들이 엄마들을 안아 주는 모습은, 그렇게 안아 주며 함께 흘리는 눈물은, 힐링이 무차별적으로 소비되는 사회에서 무엇이 진짜 치유인가를 다시 생각해 보게 했다. 시골 사람은 혼자였다. 그리고 그의 앞에 놓인 것은 법으로 통하는 문뿐이었다. 시골 사람이 친구와 함께 그곳에 도착했다면 어땠을까. 문지기와 싸워 볼 수도 있지 않았을까? 혹은, 시골 사람에게 돌아서는 순간 법은 없는 것이었다. 그렇다면 법으로 통하는 문을 무시할 수도 있지 않았을까? 나에게 농담처럼 벌금이 나오면 함께 내주겠다던, 후원주점이라도 만들겠다던 문탁넷과 밀양의 친구들 덕에 판결이 두렵지 않았던 것처럼 말이다.

막으려던 송전탑은 끝내 들어섰다. 강정엔 해군기지가 들어왔고, 성주의 사드는 남북관계의 변화에도 불구하고—지속적인 주민들의 반대투쟁에도 불구하고—그 자리를 지키고 있다. 신고리 5, 6호기 원자력 발전소는 한차례의 공론화를 거치면서 찬성 파에게 더 큰 힘을 실어 주었다. 사드와 원전 문제는 문재인 대통령의 대선 공약이기도 했다. 선거 시기 부산 유세 때 할매들은 수많은 인파를 뚫고 문재인 대통령의 손을 잡았다. 피켓을 들고, 함께 사진을 찍었다. 그에 대한 기대만큼이나, 낙담하는 마음은 컸다. 나도 그랬다. 그 허탈감과 끝이 보이지 않는 것에 대한 지치는 마음에 많은 사람들이 떠났다. 그래도 나는 계절이 바뀌면 밀양에 간다. 나를 모르던 그들이 나를 위해, 우리를 위해 먼저 싸워 주고 있었기 때문이다.

함께이기 때문에, 쪽파가 철탑을 이길 것이다.

5.

나의 청년 모임 약사(略史)

요즘 청년들은 여러모로 풀어야 할 문제가 많다. 취업, 결혼, 출산, 주거 등 현재의 어른들이 청년시절 당연하게 이루어 냈던 것들을 지금의 청년들은 쉽게 이루지 못한다. 스펙 쌓기 레이스는 고되고, 점점 길어진다. 백수도 많고, 나이가 찬 알바도 많다. 아예 정상적인 루트에서 벗어나 새로운 길을 가려는 사람들도 있다. 더이상 과거와 같은 정상성이 통하지 않는다는 것을 깨닫기 시작했기 때문이다. 취업 준비를 위해 인생을 바치는 것이 얼마나 비합리적인가를 몸소 깨닫는다. 그래서인지 청년은 자주, 걱정 섞인 목소리로 호명된다.

그런데 나에게 '청년'이라는 말은 언제 들어도 어색하다. 입에 붙지 않는다. 입에 붙지 않을 뿐 아니라, 다른 사람 입에서 나올 때도 이상하다. 촌스럽다는 생각도 든다. 사회적으로 너무 자주 호명되어서일까, '뭔가를 해야 하는 사람', '가만히 있으면 안 되는 사람'과 같은 의미가 담겨져 있는 것처럼 느껴진다. 부담스럽다.

그런데 아이러니하게도 난 '청년 모임'을 이런저런 방식으로 오랫동안 해왔다. 왜일까. 그렇게 하지 않으면 또래 친구를 만날 수 없을 것 같았기 때문이다. 청년들은 호명에 걸맞게 다들 열심히 산다. 학교로, 직장으로 사라진다. 그러곤 거기에 갇힌다. 나처럼 학교도 안 가고, 일도 꽤 자유로운 사람은 심심하다. 그래서 '모임'을 해야겠다고 생각했다. 그런데 막상 모임을 하려고 하니, '청년'이라는 말을 쓸 수밖에 없었다. 20~30대를 부를 만한 말이 딱히 없었고, 그런 말을 잘 쓰면 호명에 부응한 대가로(?) 국가나 지자체로부터 약간의 보조금을 받을 수도 있었다.

술로 지은 집

2013년에 나는 부모님 집을 나왔다. 나에겐 로망이 있었다. 친구들을 초대해 밤새 술 마시고, 아무 데나 널부러져 잠들고, 함께 라면을 끓여 먹고, 기타 치며 노래도 부르는. 그래서 남들과 달리, 집을 구할 때 가장 중요한 기준이 되었던 것은 '시끄럽게 굴어도 되느냐'는 것이었다. 처음엔 주로 옥탑방을 찾아다녔다. 늘 내 로망의 배경이 되었던 곳이었기 때문이다. 그러나 월세가 싼 지역은 집들이 워낙 다닥다닥 붙어 있어 옥상이 넓은 옥탑방이라도 파티 같은 것을 했다가는 쫓겨날 각오를 해야 했다. 나에게 남은 선택지는 원룸 혹은 투룸뿐이었다. 그러나 월세가 싼 지역의 원룸들은 하나같이 아침 일찍 출근하고 저녁 일찍 잠드는 사람들의 장소였다. 나는 교외로 시선을 돌렸다.

눈에 들어온 곳은 교외의 작은 목공방이나 부동산, 물류창고 등이 듬성듬성 있는 시골 동네였다. 행정구역상 분당구 석운동이었지만 분당에 사는 사람들도 '석운동'이 어딘지 잘 모른다. 난 거기서 주변에 정말 아무것도 없는 컨테이너 가건물을 발견했다. 20평짜리 직사각형의 텅 빈 창고였다. 교통도 불편하고, 인적도 드물었다. 화장실도 집 밖에 있었고, 주거를 목적으로 만든 곳이 아니다 보니 냉난방도 안 됐다. 보통 사람이라면 쳐다보지도 않았을 그 공간을 나는 덥석 계약해 버렸다. 인테리어는 직접 하면 될 거라는 목공소 근무 2년차의 자신감과, 집을 찾으러 다니는 누적된 피로감이 만들어 낸 결과였다. 월세가 생각했던 것보다 조금 비쌌지만, 집이 크니까 '누구라도 들어와 살게 하면 되겠다'라고 생각했다. 무대책이 대책이었다.

대공사가 시작되었다. 목공소에서 장비를 빌려 와 공사 준비를 했고, 없는 돈 있는 돈 다 끌어 모아서 재료를 샀다. 재료 살 돈이 모자라서 일단 공사를 시작하고 다음 월급 때를 기다렸다. 동네에서 빈둥거리는 친구들, 후배들을 전부 불러 모아다가 고기 구워 주며, 소주 따라 주며 공사를 돕게 했다. 페인트도 칠하고, 나무 자르는 법이나 기둥 세우는 법을 가르쳐 주었다. 그렇게 하면서 자연스럽게 술판이 벌어졌다. 돈이 없어 공사를 두 달 가까이 했고, 숙취 때문에 공사를 쉰 날도 많았지만(용케 술 마실 돈은 있었다) 어찌저찌 마무리가 됐다. 지원이가 독립한다는 소식을 들은 문탁넷 어른들이 생활용품을 장만해 주기도 했다. 이런저런 물건들이 들어오니 얼추 사람 사는 곳처럼 되었다.

공사하는 과정에서 공간에 정이 붙은 후배들이 자주 술을 사서 놀러 왔다. 차 없이 다니기에는 많이 불편했는데, 다들 어떻게든 기어 들어와서 술을 마셨다. 개중 하나는 집에 있어 봐야 부모님 잔소리만 듣는다는 핑계로 아예 집에 눌러앉았다. 나의 월세에 대한 무대책이 그 친구 덕에 일부 해결되었다.

판을 깔아 놓고 보니 뭔가를 하고 싶었다. 당시 나는 종종 서울의 한 문화공간에서 시간 보내는 것을 즐겼는데, 그곳에선 세미나나 전시·공연도 했고, 사람들은 술을 마시며 진지한 이야기들을 했다. 그게 참 좋아 보였다. 젊은 사람들이 모여서 술만 마시는 것이 아니라 생산적이고 진지한 활동들을 만들어 내다니(!). 나에게도 공간이 생겼으니, 그리고 드나드는 친구들이 있으니 그런 것들을 해봐야겠다고 생각했다.

석운동의 공간을 만드는 데 많은 도움을 준 친구들. 왼쪽이 나이고, 오른쪽 세 명은 석운동에서 많은 일들을 함께한 친구들이다.

청년 모임의 전사(前史), '해봄'

사실 그런 시도는 이때가 처음이 아니었다. 제대를 한 지 얼마 안 되었을 무렵, 나는 문탁넷에서 〈해봄〉이라는 청년 모임을 만들었다. 문탁넷은 공부 공동체였고, 대부분의 주체가 40~50대였다. 그 속에서도 충분히 많은 것을 배웠고, 딱히 불만이나 이질감을 느낀 것은 아니었지만, 나에겐 또래 친구들이 필요했다. 예컨대 『감시와 처벌』을 읽으며 내가 느끼는 군대나 학교에 대한 감정들은 그들보다 더 거칠고 생생했다. 나에게 필요한 것은 '너는 그렇게 느끼는구나'가 아니라 '맞아, 나도 그래'였는지 모르겠다.

그래서 가끔 문탁넷에 좋은 강의가 있으면 공부를 하러 오는 20대들을 꼬셨다. 함께 놀고, 공부하는 모임을 만들어 보자고 제안했다. 처음엔 많지 않은 인원이 모여 세미나를 했다. 『88만원 세대』 같은 책들을 읽었다. 그러다 보니 나에겐 문제의식이 생겼다. 우리는 돈도 잘 못 벌면서, 늘 돈을 쓸 수밖에 없는 환경에 놓여 있다. 친구를 만나기만 해도 돈이 있어야 하고, 돈이 없으면 아무것도 못한다. 그래서 학교 다니기도 바쁜데 알바도 해야 한다. 그리고 이런 삶들은 어디에나 있다. 그래, 그렇다면 돈을 안 쓰고 놀아보자, 그런 일들을 해보자는 의미에서 만든 모임이 '해봄'이었다. 이 모임은 '계'의 형식으로 운영되었다. 한 달에 한 사람이 2만원씩을 내고, 이렇게 모인 돈으로 각자가 해보고 싶었던 것들을 함께 해봤다. 우린 파티도 하고, 운동회도 만들고, 공연도 하고, 함께 농활을 가기도 했다. 다섯 명 정도로 시작했던 모임이 몇 달 뒤엔 스무 명 가까이 참여하는 회의가 되어 있었다.

그러나 순조롭지만은 않았다. 여가생활 정도로 생각하고 모임에 나오는 친구가 있었는가 하면, 진지하게 생각하는 친구들도 있었다. 이들은 단순히 노는 것에 초점을 맞추면 사실상 돈 쓰며 노는 것과 어떤 차이가 있느냐고 물었다. 반면 학교나 직장에서도 이미 받는 스트레스가 많은데 여기서마저 스트레스 받고 싶지 않다는 생각, 회의를 자주하면 나오기 어렵다는 의견을 가진 친구들도 있었다. 그리고 이런 말들은 늘 충돌했다. 이견이 좁혀지지 않았다. 당연히 갈등은 깊어졌고, 그런 갈등이 부담스럽게 느껴진 친구들은 하나둘씩 〈해봄〉을 나갔다. 1년여를 열심히 하고 보니 많은 친구들이 학교로, 직장으로, 각자의 자리로 돌아갔다.

석운동 88-1번지에서 '석운동'으로

그럼에도 청년 모임을 다시 해보고 싶었던 이유는 석운동의 이 공간을 드나드는 새로운 사람들 덕분이었다. 난 사람들이 나누는 얘기에 언제나 공통적인 결핍이 있다고 느꼈다. 그것은 때론 학교나 직장에 대한 불만이었고, 때론 삶의 부분들이 온통 돈 버는 것이 되어 버리는 것에 대한 불안감이었으며, 또 어떤 때에는 외로움 같은 것들이었다. 내 생각에 이런 것들은 사람들이 모이기만 하면! 일단 어느 정도 해결이 되는 것 같았다. 그래서 나는 이번엔 좀 더 간단하게 접근해 보자고 마음을 먹었다. 가볍게라도, 계속해서 사람들이 모일 수 있는 자리를 만들자.

석운동에 유독 자주 왔던 친구들과 함께 한 달에 한 번, 홈파티를 기획했다. 매달 한 가지 주제를 정해 그와 관련된 음식과 술, 놀이를 만들어 함께 즐겼다. 매번 10명에서 20명 가까이 되는 인원이 석운동에 모여 그런 것들을 했다. 그중에는 학교 선후배들도 있었고, 〈해봄〉을 함께했던 친구들도 있었고, 그들이 데려온 새로운 사람들도 있었다. 난 신기했다. 이렇게 많은 사람들이 이 촌구석(?)까지 들어와서 함께 놀 수 있다는 것, 그리고 이런 일들을 즐거워한다는 것이. 처음엔 석운동 88-1번지라고 불리던 공간이 시간이 흐르자 그냥 '석운동'으로 불렸다. 사람들이 많이 다녀가다 보니, 동네 이름이 공간 이름으로, 고유명사로 바뀌었다.

그 즈음 나에게 일이 하나 들어왔다. 이런저런 일들을 하는 청년들이 모이다 보니, 그 관계망을 통해 들어온 일이었다. 파티에 참여한 한 친구에게 건너건너 내가 목수라는 것을 전해 들은 한 기획자가 인천의 바닷가에서 연출하는 파티의 무대와 공간 연출을 맡겼고, 난 이 일을 석운동 친구들과 함께 나눠서 진행했다. 무대는 꽤 성공적이었고, 이 일을 계기로 몇 가지 일들을 더 진행할 수 있게 되었다.

이렇게 몇 가지 일들을 진행하자, 몇몇 친구들과의 멤버십이 만들어졌고, 나는 좀 새로운 욕심이 생겼다. "석운동을 회사처럼 만들어 보면 어떨까?" 일반적인 회사보다는 느슨한 일종의 네트워크를 만들고 싶었다. 종종 들어오는 일들을 프로젝트화해서, 석운동에 놀러 오는 친구들과 일을 나누면, 함께 놀기만 하는 것이 아니라 함께 돈도 버는 것이 아닌가! 그리고 이것이 잘 되어서 일의 빈도가 늘어난다면? 돈 걱정이 많은 여러 청년들이 그것에서 벗어날 수 있지 않을까! 그렇게 되면 결국 대학과 직장으로 돌아갈 수밖에 없었던 청년들도 다시 끌어들일 수 있지 않을까?!… 이와 같은 꿈을

석운동에선 한두 달에 한 번씩 주제를 정해 홈 파티를 했다. 예컨대 미국식 홈 파티, 필리핀식 홈 파티….
각 주제별로 어울리는 술과 음식, 놀 거리를 준비해 친구들을 모았다. 날이 좋으면 야외에서 고기를 굽고,
부스를 만들어 디제잉을 하기도 했다.

품고 나는 당시 지방자치단체에서 주최했던 한 지원사업에 원서를 넣었다. 공간을 새롭게 꾸미고, 일을 키워 보기 위함이었다. 그런데 덜컥 그것이 뽑혔다.

이게 다
무슨 소용이냐

그러나 사업을 진행하다 보니, 어느 정도는 예상했던 어려움이 현실화되었다. 첫째, 적어도 프로젝트를 진행하는 동안에는 그것에 집중할 만한 시간적 여유가 있어야 했다. 그런 여유가 확보되지 않은 상태에서 프로젝트의 진행은 시간이 많은 사람의 어깨가 가장 무거워질 수밖에 없었다. 그러나 그들 각자의 생활을 책임져 줄 것이 아니라면, 시간을 들이라고 강요할 수도 없다. 둘째, 시간적 여유가 있다고 한들, 각자가 한 사람의 몫은 해야 할 분야의 전문성이 충분히 확보되지 않았다면 참여하기가 어려웠다. 왜냐하면 이건 실험도, 연습도 아닌 돈을 받고 하는 일이었기 때문이다. 마지막으로, 시간과 전문성이 확보되었다고 하더라도, 가치관이 충돌할 수 있다. 가장 중요한 문제는 이 세번째였다. 함께 일을 한다는 것은 함께 여러 가지 갈등을 해결하고, 나아갈 능력이 있어야 한다는 것이다. 이때 필요한 것은 공통의 감각이다. 하나하나 모두 말로 하지 않아도 서로 동의가 가능한 감각, 혹은 마음에 들지 않는 부분이 있더라도 이 정도는 상대에게 맡길 수 있다는 믿음. 물론 이는 첫째, 둘째 문제와도 결코 무관하지 않다. 함께 보낼 수 있는 충분한 시간과 각 분야에서 이미 형성되어 있는 전문성이 때론 이 가치관의 문제를 해결하기도 한다.

그러나 한정된 네트워크에서 충분한 시간과 전문성은 당장 해결할 수 있는 것이 아니었다. 그래서 나는 석운동에서 함께 세번째 문제를 해결해 보자고 제안했다. 그 방법은, 나에게 익숙했던 공부였다. 함께 세미나를 하며 공통의 감각을 만들어 보자! 하지만 함께 일을 해보려 했던 친구들에게도 그건 부담스러웠다. 왠지 모를 기시감. 세미나는 한두 번 진행되다가 바쁜 각자의 생활에 의해 흐지부지되었다. 청년들은 언제나 바쁘다.

어쨌든 1년간 진행한 지원사업은 마무리지어야 했다. 우리는 사업 종료 시점에 다시 파티를 열었다. 파티에는 바뀐 공간과 우리의 포부를 들으러 약 50여 명에 가까운 많은 사람들이 왔지만, 막상 그들에게 "우리가 뭘 하겠다"는 메시지를 전하지 못했다. 1년의 시간 동안 그것을 만들지 못했기 때문이다. 파티는 언제나처럼 "즐겁게 놀다 가세요"로 마무리되었다.

난 '이게 다 무슨 소용인가' 싶었다. 그런데 내 주변도 사정은 마찬가지였다. 2010년대 초반에는 나름 희망이 넘치던, 젊은 패기로 우후죽순 생겨나던 문화예술 공간들이 점차 힘을 잃고, 문을 닫고, 쪼개졌다. 그런 와중에 많은 팀들이 살기 위해 지원사업에 뛰어들었다. 그러나 몇몇 팀들에겐 그것이 독이 되었다. 지원금에 대한 의존도가 높아졌고, 그런 지원금을 찾는 젊은 단체들은 언제나 많았다. 원조가 끊기면 살아남을 방도가 없었다. 벌여놓은 일들을 마무리할 힘이 사라졌다. 나는 나와 많은 젊은 그룹들이 부딪친 문제가 비슷한 지점이라 생각했다. 〈해봄〉과 〈석운동〉, 약 5년간을 많은 친구들과 함께했지만, 그것을 지속가능한 것으로 바꾸고 유지하기엔 여러모로 힘이 달렸다.

길드다,
이게 될까?

한동안 회의감에 빠져 있던 것이 사실이다. 그런데 문득 돌아보니, 이젠 문탁넷에도 내 또래의 친구들이 있었다. 그리고 우리는 그런 종류의 즐거움을 어느새 오랜 시간 함께 나누고 있었다. 우린 함께한 공부를 가지고 강의도 했고, 여행도 다녀왔다. 같이 아이들을 가르치고, 글을 썼다. 그런 과정들 속에서 우린 모종의 문제의식을 공유하고 있었다. '자본주의라는 환경 속에서 점점 개인화되어 가는 현대인의 삶'에 대한 의문, 그리고 그런 '변화 속에서 설 곳과 살 곳을 잃고 있는 우리 또래의 친구들'에 대한 관심, '어떻게 함께 살 수 있을까?' 하는 문제. 우리가 하는 활동들은 그런 문제의식의 표현이었다. 그리고 마침, 우리들은 나름대로 각각의 삶의 방향성에 대해 고민하고 있었다. '공부를 통해 밥벌이를 할 수 있을까?' 그런데 그때, 늘 우리와 함께 우리의 스승이자 지원자로 계시던 문탁 선생님이 제안을 했다. "회사를 만들자." 2017년 겨울이었다. 선생님은 이미 공부를 통해 함께한 시간이 적지 않은 이 청년 모임을 지속가능한 구조로 만들 수 있겠다고 판단한 것이었다. 지난 5년간 난 놀이로도 시작해 봤고, 일로도 시작해 봤지만, 공부로 시작해 본 적은 없었다.

처음엔 좀 미적지근한 태도로 한 발만 걸쳐 보자고 생각했다. 이때는 내가 퇴사한 뒤여서 여유가 있었고, 내 삶에 다른 특별한 대안이 있던 것도 아니었다. 그러나 딱 거기까지였다. 나에겐 떨칠 수 없는 두 가지 의심이 있었다. '재미있을까?'와 '돈이 될까?'

우선, 재미란 무엇일까? 나는 재미를 무어라 생각하고 있었던 걸까? 그간의 파티를 돌아보면 그건 의외로 간단했다. 술 마시고, 음악 듣고, 춤추고, 게임하고. 늘 비슷했다. 그런데 생각해 보면 이런 것들은 누구든 어디서든 할 수 있다. 내 걱정은 사실 내가 '이 멤버들과' 그것을 해보지 않았다는 것뿐이었다. 그리고 난 언제나 나에게 익숙한 것들로 시작해서 한 발을 더 딛으려다 일이 잘 되지 않았다. 놀러 온 사람들과 노는 것 이상을 해보자는 것은 내 욕심이었고, 욕망의 불일치였다. 돌이켜보면 사람들도 나와 같은 욕망을 가지고 있으리라 판단하고 일을 추진한 것이나, 다들 그런 욕망이 있는데 깨닫지 못하고 있다고 단정한 것이 나의 가장 큰 실수였다.

모임의 이름은 '길드다'로 정했다. 학교도 아니고, 회사도 아닌 길드. 첫 번째 공식 행사는 2박 3일짜리 인문학 캠프였다. 캠프를 포함한 첫 해의 목표는 우리와 함께할 사람들을 찾고, 우리의 문제의식을 공유하자는 것이었다. 우리는 Y.O.L.C.You Only Live in Common라는 제목을 정했다. 오로지 소비로 귀결되는 청년의 삶 YOLO 대신 공통의 것을 구성해 보자! 의외로 많은 청년들이 참여했고, 질문했고, 공감했다. 물론 대부분의 참여자는 이미 우리 주변에서 간간이 우리와 함께 공부했던 친구들이었다. 그러나 나는 이 경험이 새롭게 느껴졌다. 의미는 있지만 재미는 없다고 생각했던 나의 판단이 잘못되었다는 것을 깨달았다. 술이나 음악, 춤과 게임 없이도 즐겁게 수다를 떨었고(사실 술이 조금 있긴 했다), 더 깊이 서로의 고민을 나눌 수 있었다. 사실상 술이, 음악과 춤이 나에게 주는 즐거움의 정체도 타인과 뭔가를 공유하고 공감하는 느낌이었다. 캠프와 후속 프로그램으로 이어진 강의들, 강의에서 나온 참여자들의 질문과 후기들은 더 구체적인 공유와 공감의 느낌을 주었다.

'돈이 될까?'라는 두번째 질문은 〈길드다〉 활동을 시작한 지 1년을 넘긴 지금도 여전히 유효하다. 나는 투 트랙을 유지하고 있다. 퇴사 후 고유명사가 된 〈석운동〉을 회사이름으로 쓰며 작업을 통해 주 생활비를 벌고, 〈길드다〉에서 공부와 활동을 한다. 물론 이런 결정은 꼭 돈 때문만은 아니다. 목공에 대한 개인적인 욕심이 있기 때문이다. 그러나 이제 막 시작한 〈길드다〉에서 꼬박꼬박 월급을 줄 수 있는 사정이 아니라는 측면도 분명히 크게 작용한다. 그래서 우리는 조금 다른 방법을 찾아냈다. 각자 하되, 함께 한다. 예컨대 〈길드다〉에서 제안한 제품생산프로젝트, '공산품'(共産品)이 그런 활동이다. 〈길드다〉 멤버십 중 목공 기술을 가진 나처럼 특정 기술을 가진 친구들에게 정기적으로 제품 제작 활동에 필요한 물적 지원을 하고, 생산품에 대한 피드백에 다 같이 참여하여 '함께' 생산과정을 공유한다. 이외에도 이미 문탁넷에서 진행되던 청소년 대상 인문수업들을 〈길드다〉 사업으로 가져와서 더 나은 수업이 될 수 있도록 함께 피드백하고, 가능한 급여를 보장해 주려 노력한다. 이런 것들이 당장에 큰돈이 되는 것은 아니지만, 가능한 한 안정적으로 공부와 활동을 할 수 있도록 돕고, 삶의 능력을 기르는 것에 방점을 두는 것이다.

능력을 기르는 것이란 뭘까? 이미 많은 청년들이 돈과 시간을 들여가며 취직하기 위해 애쓰고 있다. 우리의 활동도 한편으론 그런 노력과 비슷한 것이지만, 다른 한편 이런 활동이 우리에겐 수단이 아니라, 목적 그 자체라는 점에서 차이가 있다. 대학을 위한 수능, 직장을 위한 스펙, 결혼하기 위한 연애와 같은 조건부의 현재, 미래를 향한 현재가 아니다. 이러한 일들은

청년인문스타트업 〈길드다〉의 오프닝 당시 모습. 고은이가 앞에 나와 〈길드다〉를 설명하고 있다.
하지만 회사도, 학교도 아닌 〈길드다〉를 설명하기란 결코 쉽지가 않다.

그 결과에 따라 과정에 새롭게 의미가 부여된다. 캠프 이후 진행한 세 편의 미니강의는 온라인 플랫폼 진출을 겨냥했다. 강의 영상을 만들어 플랫폼에 올리고, 이를 더 많은 사람들과 공유해 공부와 관계를 확장해 보자는. 그러나 사실은 결과와 상관없이 이 준비과정 자체가—주제를 정하고, 책을 읽고, 글을 쓰고, 피드백을 나누고, 리허설을 하는—이미 공부의 확장이고, 관계의 확장이었다.

이런 활동에 지속가능성이 부여되는 것은 돈보단 공통의 목표, 혹은 질문이다. 크게 보자면 그것은 우리에게 '잘 사는 것은 무엇일까?'라는 질문이고, 구체적으로는 이를 위해 '공부를 계속 해야 한다'는 분명한 공통의 필요다. 뭘 하고 놀 것인가? 어떤 일을 할 것인가? 하는 것은 언제든 관심에 따라 바뀔 수 있다. 그것은 욕망의 차원에서 통합되기 어려울 뿐 아니라, 각자의 현실적인 능력과도 관계되어 있다. 목공으로 사업을 하자, 아카데미를 만들자, 글을 써서 책을 내자, 하는 등의 아이디어 이전에 함께 질문하고, 공부하며 그것을 이어 나갈 수 있는 환경을 구성하는 '일', 우린 그런 일을 해보려는 것이다.

이렇게 말했지만, 사실 이제 1년이다. 우리는 맨날 싸운다. 내가 보기에 가장 눈에 띄게 달라진 점이 바로 이것이다. 과거 이른바 '청년 모임'에서 갈등은 곧 위기였다. 그런데 우린 맨날 싸우면서도, 또 나와서 함께 공부하고, 회의하고, 논다. 물론 언제 어떤 욕망이 튀어나와서 찢어질지 모르는 것이 청년들의 삶이다. 하지만 과정이 이미 목적인 이상, 된다, 안 된다가 그리 중요할까. 이만큼은 된 것이 아닐까. 됐다.

6.
펜타토닉 스케일을
넘어!

Smells like teen spirit

십대 시절을 떠올리면 나는 학교에 대한 기억보다는 학교 밖에서 친구들과 몰려다니던 것이 주로 생각난다. 그런 기억들은 교실 안의 기억들보다 역동적이다. 밤에 엄마 몰래 집을 나가 친구들과 술 마시고, 건물 지하에 락카 스프레이로 아무 의미 없는 낙서를 하고, 다른 학교 아이들과 쌈질하고, 한 평 남짓 좁은 연습실에 대여섯 명이 모여 너바나(Nirvana)의 곡을 몇 번이고 합주하고, 마음에 드는 여자친구와 어떻게든 잘해 보려고 노력하던 기억들. 그야말로 Smells like teen spirit* 이었다.

자유로워지고 싶었던 것 같다. 지루한 수업, 똑같은 일상, 내가 학생이기 때문에 해야만 하는, 주어진 일들로부터 말이다. 난 똑똑했다. 공부를 하지 않을 방법으로 실용음악을 선택했다. 다들 공부를 하는데, 그건 대학을 가기 위해서였다. 나에게 실용음악은 '정당하게' 학교로부터 멀어질 방법이었다. 입시가 다가오자 학교에선 아예 학원 연습실로 가도 출석을 인정해 준다고 했다.

역동? 자유? 그러나 다시 생각해 보면 참 지루한 시간들이었다. 나의 일상은 거의 아무것도 하지 않고 가만히 있는 것이 대부분이었다. 게임하고, 담배 피우고, 커피 마시고, 좁은 연습실에 앉아 손에 쥔 베이스기타를 멍

* 1990년대 초 미국을 휩쓴 얼터너티브 록그룹 '너바나'의 대표곡. 곡의 제목은 밴드 '비키니 킬' 멤버였던 캐슬린 덜레이니가 벽에다 너바나의 리더인 커트 코베인을 놀리기 위해 적은 낙서로부터 영감을 받았다. "kurt smells like teen spirit." 'teen spirit'은 커트의 여자친구인 토비 베일이 사용하던 여성용 탈취제였다. 이 곡에는 낙서의 장난스러움과 무의미함만큼이나 십대의 반항, 격정, 우울과 무의미함이 잘 담겨 있다.

하니 쳐다본다. 학교가 끝나고서야 올 친구들을 기다리며 휴게실 소파에 누워 있다가, 아이들 올 때쯤이 되면 하루 종일 연습이라도 한 것처럼 연습실에서 열정을 불태우는 모습을 연출했다. 아이들이 오면 "아~ 좀 쉬어야겠다"라는 식으로 말하며 수다를 떨었다. 대부분 졸고, 가끔 컴퓨터를 만지작거리던 시간들. 어떨 땐 막연한 불안감에 차라리 학교를 갈까, 생각했다. 그렇담 난 무엇으로부터 벗어나고 싶었던 걸까.

하고 싶지 않은 것들을 안 할 수 있는 시간과 공간이 필요했다. 친구들의 눈치, 학교라는 공간이 나에게 강요하는 어떤 일상으로부터 멀어지고 싶었다.

도피와 자유의 차이

그렇게 도피한 학원 연습실엔 꼭 나보다 조금 일찍 나와 있는 친구 한 명이 있었다. 오랫동안 함께 밴드를 한 기타를 치는 친구다. 나는 연습실에서 친구들이 올 하교시간을 기다리며 빈둥거렸지만, 그 친구는 정말 하루 10시간씩 매일 연습을 했다. 가끔 그 친구가 쉴 때 담배를 함께 피웠다. 어떤 음악가의 영상을 보았냐며, 엄청나다는 그 친구의 말을 들으면 난 곧장 휴게실로 가서 그 영상을 찾아봤다. 멋지다고 생각하며 누워 있었다. 그 친구는 연습실로 들어가서 그 음악을 연주했다.

일주일에 두 번, 합주 때마다 친구에게 늘 혼났다. 연습 좀 하라고. 함께 밴드를 하고 있었으니, 안 혼날 수가 없었다. 그 친구는 점점 더 어려운 곡을 연주하고 싶어 했다. 친구는 특히 재즈를 좋아했다. 하지만 나는 할 수 없었다. 음악이 별로라는 핑계를 대며, 취향의 차이라 둘러대며, 면피하기를 반복했다. "쉽고 대중적인 음악이 좋다"며. 그렇다고 해도, 언제까지고 내 맘대로만 할 수도 없었다. 자존심도 구겨질 만큼 구겨졌을 때, 난 연습을 시작했다.

그때 느낀 즐거움이 있었다. 내가 연주할 수 있는 것이 늘어났다는 기쁨. 재즈는 다양한 방식으로 정의가 가능하지만, 곡의 구성이라는 측면에서 보자면 크게 주제(Theme)-즉흥연주(Improvisation)-주제(Ending theme)의 순서로 진행된다. 주제는 주로 과거에 연주되었던 곡의 멜로디와 코드 진행을 편곡한 것이다. 밴드가 함께 멜로디와 코드를 맞추어 연주함으로써 우리가 앞으로 펼쳐 갈 이야기가 어떤 것인지를 공유한다(예컨대 유명한 스탠더드 재즈 중 하나로 꼽히는 'Autumn Leaves'는 1940년대 작곡된 샹송이다. 이것이 1950년 영어 가사가 붙어 미국으로 넘어왔고, 큰 인기를 끌었으며, 이 히트 덕에 재즈로 편곡되었다). 그후에 주제와 같은 코드 진행 위에서 연주자가 돌아가며 즉흥연주를 한다. 말하자면 주제에 대한 자신의 생각, 해석을 즉흥연주를 통해 표현한다. 나머지 연주자들은 즉흥연주를 하는 연주자의 이야기를 유심히 들으며 반응하기도 하고, 분위기를 맞춰 주기도 한다. 마지막엔 주제로 돌아와 무슨 이야기를 하려고 했었는가를 상기시키며 끝난다.

재즈는 따라서 곡을 단순히 커버하는 것과는 좀 다르다. 각각의 예외적 상황에 재치 있게 반응하고, 들어갈 때와 나갈 때를 파악하고, 무엇이 내 이야기를 하는, 그리고 상대방의 이야기를 듣는 좋은 방향인가를 끊임없이 새롭게 고민해야 한다. 여기에선 그 어떤 커버 연주보다 직설적으로, 연주자

통기타, 베이스, 카혼을 가지고 석운동에서 친구들과 즉흥 잼(합주) 하는 모습.
더 이상 음악전공자는 아니지만, 기타를 들면 언제나 예전만큼 즐겁다.

의 능력이 드러난다. 누군가는 연주하는 곡(주제)이 어떤 곡이건 간에 똑같은 솔로와 프레이즈를 반복한다. 이는 가지고 있는 레퍼토리가 적기 때문이다. 반면 매번 바뀌는 곡에도 불구하고 누군가는 매번 다른 프레이즈와 느낌을 전달한다. 무슨 차이냐 하면, 당연한 이야기지만 절대적인 연습량의 차이다. 연습을 하면 할수록, 자유로워진다. 지루한 일상 속에서 내가 느낀 잠깐의 즐거움도 여기에서 비롯되었다.

그런 점에서 자유는, 도피를 통해 이루어지는 것이 아니다. 학교에서 연습실로 공간을 옮겼을 뿐, 갑자기 자유로워질 수는 없다. 자유는 어떤 시간, 공간에서든 우리에게 주어지는 일종의 명령들을 거부할 만한 '능력'이다. 그러나 이 거부, 능력은 단순히 "하기 싫다"고 말하는 것이 아니다. 그보다 능동적인 다른 어떤 행위로, 적극적으로 상황을 이전과 다르게 해석하고, 대처하는 일이다. 도피생활을 할 당시 우연히 내가 맛본 자유가 재즈를 통한 것이었다면, 지금의 나에게 그것은 아이러닉하게도 (그 당시엔 도피의 대상이었던) 공부다.

읽어 버리는

내가 졸업을 하고 더이상 음악을 하지 않는다는 것을 알게 된 학교 친구들은 나를 걱정했다. 군대를 다녀와 목공소에 취직했다는 소식을 들은 내 학원 친구들은 괜찮냐며 나를 위로하기도 했다. 함께 음악을 했던 친구들 입장에선 아마도 어쩔 수 없이 꿈보다 일을, 돈을 택한 것처럼 보였을지도 모르겠다. 더러 지원이가 정신을 차렸다고 생각하는 친구들도 있었다. 그런데 공통적으로 내가 문탁넷에서 하는 공부에는 의문을 가졌다.

우리가 공부에 대해 갖는 표상은 대부분 학교 공부로 귀결된다. 읽고, 외우고, 시험 보는 공부 말이다. 더 많이 외우는 것, 그리하여 더 좋은 점수를 받는 것. 점수는 더 좋은 대학, 한 단계 어려운 자격증, 좋은 직장으로 연결되는 목표와 관련된다— 화제가 되었던 드라마 〈SKY캐슬〉을 보라! 가장 많이 나오는 단어는 단언컨대 '서울의대'다. 그리하여 분명한 목표가 있고, 그 뒤에 공부가 있다. 친구들이 내가 공부를 한다는 말에 의아해한 것은 이런 표상이 큰 몫을 한다. 대학도 안 나왔고, 음악을 관뒀고, 이미 목공을 통해 돈도 벌면서 왜 공부를 하지? 그 공부의 목표는 뭐지?

레베카 솔닛의 『맨스플레인』이라는 책이 있다. 우리나라에는 2015년 '남자들은 자꾸 나를 가르치려 든다'는 제목으로 번역되었다. 나는 그 즈음 페미니즘이 사회 전반에 퍼져 나가고 논란이 되는 현상을 목격하며 이에 관심을 가졌다. 이런저런 대화들 중에 누군가 나에게 이 책을 권했다. 내용은 책의 제목처럼 남자들이 얼마나 '거들먹거리거나 잘난 체 하며' 가르치려 드는가에 대한 비판이기도 하지만, 남성문화가 여성적 주체들에게 가한 억압적 방식 전반에 대한 섬세하고도 냉철한 분석이다. '어떤 말들이, 어떤 행위들이 너무나 당연하게, 아무렇지 않은 모습을 하고 여성을 억압해 왔는가?' 책을 펼칠 때의 나는 그저 페미니즘이 궁금한, 책상에 앉은 평범한 남자였다. 그러나 책장을 넘기다 보니 더이상 그런 방식으로 남아 있을 수 없다는 것을 깨달았다.

난데없이 찾아온 화끈거림과 안절부절. 나는 때론 공감하기도, 부정하기도 하며 나 자신의 과거와 현재를 빠르게 오고갔다. 내가 어린 시절 괴롭

혔던 수많은 친구들, 지금도 아무렇지 않게, 그것도 선의로(!) 해왔던 수많은 말들에 대한 기억이 뒤통수도 아닌 정면으로 밀어닥쳤다. 과거의 나는 아무렇지 않은 표정으로, 여성을 억압하는 바로 그 남성으로, 다시금 발견되었다. 돌이킬 수 없는 일에 어떻게 사과할 것인가? "여성혐오적인 나는 어디에서 왔는가?" 하는 물음을 적극적으로 제기할 '수밖에' 없는 내가 나타났다.

사사키 아타루는 이런 읽기의 경험을 보다 적극적으로, '읽어 버리는' 경험이라 표현한다. 이것의 반대편엔 '명령'이 있다. 우리가 살아가는 동안에 저항감 없이 받아들인 규칙들, 정보들, 관습들. 명령은 우리로 하여금 뭔가를 '안다'고 믿도록 하고, 그것이 마치 당연한, 가치중립적인 것이라 생각하도록 한다. 하지만 그러한 정보, 관습들은 특정한 효과를 가진다. 예컨대 과거의 나에게 가부장적 남성중심문화는 성적인 농담들, 인터넷문화들, TV 시트콤들, 부모의 언행 등을 통해 자연스럽게 받아들여진다. 그것은 마치 공기와 같은 것이었지만, 사실은 레베카 솔닛의 말처럼 여성들을 향한 특정한 효과를 가진다. 이런 효과로부터 어느 정도의 혜택마저 받은 나는 더이상 그것을 의심할 이유나 능력을 상실한다. 그런데 난데없이 그것의 다른 측면이 밝혀지는 순간, 돌이킬 수 없는 순간이 찾아온다. 읽어 버리는 순간이다.

읽어 버리는 일은 이런 무비판적이고 반복적인 수용을 거부한다. 나의 문제와 저자의 문제가 포개지며 일종의 결합이 이루어지고, 이 경험은 너무도 강렬해서 모른 체 할 수 없다. 더이상 이전과 같이 살 수 없는 다른 신체가 된다. 그간의 삶을 반복할 수 없는, "그렇다면 어떻게 생각하고 말하고 행위해야 하는가?"라는 질문을 가지는 인간으로 다시 태어난다. 이것이 '역동'이다. 책상 앞의 남자 사람은 더이상 이전과 같은 사람이 아니다.

노트를 발견하는 자유

재즈를 연습하기 시작했을 때 처음 나에게 즐거움이 되었던 것은 '펜타토닉 스케일'(pentatonic scale)이었다. 이는 우리가 흔히 알고 있는 7음계(도-레-미-파-솔-라-시-도)에서 반음 부분을 제외한 5음계(도-레-미-솔-라)다. 사실상 7음계에서 음계의 성격이나 색깔, 미묘한 느낌을 전달하는 데에 중요한 역할을 하는 것은 다른 음계와의 차이를 갖는 반음 부분인데, 이를 제외함으로써 무색의 음계가 탄생한다. 그리고 이러한 음계는 그 성격상 어느 곡이건 그 곡의 으뜸음과만 맞추면 자유롭게 사용할 수 있다. 예컨대 크게 보았을 때 곡이 다장조(C-major scale)라면, 도-레-미-솔-라의 다섯 음만 가지고 즉흥연주를 했을 때 누구에게도 이상하게 들리지 않는다. 어울리는 것은 사실이니 뭔가 잘하고 있는 것 같다!

그러나 이런 식으로 즉흥연주를 하는 것은 주로 하수다. 충분히 준비되지 않았거나, 곡을 이해할 수 없거나, 진행 중인 곡 위에서 각 코드의 성격을 잡아 내기에 순발력이 부족할 때 우리는 '만능열쇠'를 필요로 한다. 그러나 이 만능열쇠는 곡의 언저리에서 떨어져 나가지 않고 무난히 어울릴 수 있을 만큼의 자유를 주지만, 그 이상 나아갈 수 없도록 한다. 펜타토닉 스케일이 주로 민요나 동요에 사용되어 왔던 만큼, 아무데서나 펜타토닉 스케일을 남발하는 것은 반대로 모든 곡을 민요나 동요처럼 만들어 버린다. 밴드를 하는 친구들에게 '펜타토닉의 황제'라 불렀던 에릭 존슨(기타리스트)도 사실은 메이저 스케일을 자유자재로 사용하며, 정확히는 '톤의 황제'다——5음계라는 것을 잊을 정도로 톤 조절을 멋들어지게 해버리기 때문이다.

그런 의미에서 자유는 능력만큼의 자유다. 현실에서 우리는 우리에게 주어진 조건과 무관하게 자유로울 수 없다. 그런 것이 가능할 거란 상상은 펜타토닉 스케일 수준의 자유가 아닐까. 아이러닉하게도 자유는 지금 내가 가진 자유가 어떤 한계로 기능할 때, 그것을 깨부숴야 할 것이 될 때, 그리고 그것을 고통스럽게 깨부쉈을 때 더 커진다. 익숙한 펜타토닉 스케일을 멈추고, 지금 여기서 중요한 하나의 노트(note), 음이 무엇인가를 더듬더듬 찾아보는 것. 그렇게 해서 더 큰 자유로 나아가는 것. 지금 나에겐 그것이 읽기이고, 인과적으로 설명할 수는 없지만 방황하던 십대 시절과 어떤 연속성을 가진 과정이다.

무지에서 예술로

3

글

이동은

문탁넷에 온 뒤 살아가는 것과 공부하는 것이 멀지 않다는 것을 알았다.
그래서인지 내가 공부를 잘 못한다는 생각이 든다.
하지만 가끔씩 잘 살고 있다는 생각도 든다. 그런 순간을 늘려 가고 싶다.

1.

나는 어떤 사람인가?

: 무지(無知)편

나는 어떤 사람인가? 아직도 나는 나를 설명하기 위해 무엇을 이야기해야 하는지 모르겠다. 어렵다. 그 이유는 지금까지 '이것저것' 하며 '그럭저럭' 살아왔기 때문이다. 나를 명확하게 설명해 줄 직업이 있는 것은 아니지만, 하는 일 없이 놀고만 있는 것도 아니니 나는 백수라고도 할 수 없다. 그러니 나를 설명하려면 그동안 나에게 있었던 나름의 굵직한 일들에 대해 이야기하는 것이 좋을 것 같다.

기름보일러의 충격

나는 중학교를 4년 동안 다녔다. 중학교에 입학하고 얼마 되지 않아, 1년 동안 대안학교를 다녔기 때문이다. 내가 다녔던 대안학교는 지리산 산내마을에 위치해 있었다. 아침마다 걷던 등굣길은 아파트에서 산자락으로 변했고, 수업은 골라서 들었기 때문에 수업이 없는 빈 시간엔 처마 밑에서 낮잠을 잘 수도 있었다. 이런 변화가 낯설기도 했지만, 그 시절에 나는 흔하지 않은 경험을 한다는 생각에 좋아했다.

그중에서도 가장 좋았던 일은 가족과 떨어져 기숙사 생활을 했던 점이다. 이 학교의 기숙사는 학생들이 모두 한 건물에 사는 것이 아니라 4~8명 정도가 지낼 수 있는 집을 마을 곳곳에 구해 선생님과 학생이 함께 사는 방식이었다. 우리의 하루는 아침밥을 차리는 걸로 시작해 저녁밥을 치우는 것으로 끝났다. 밥을 차리는 것은 생각보다 간단한 일이 아니었다. 요리를 할 수 있는 식재료는 무엇이 있는지, 함께 사는 누가 언제 귀가하는지, 누가 아프지는 않은지 살펴야 했다. 거기에다 학교 일도 신경써야 했으니 쉽지 않은 생활이었다. 이런 모든 일을 챙기는 것이 귀찮고 익숙하지 않았지만, 세 남매와 떨어져 지내는 것만으로도 충분히 즐거웠다(참고로 나는 네 남매 중 둘째다).

11월의 어느 날 따뜻한 물이 나오지 않아, 아이들이 차가운 물로 머리를 감고 등교해 단체로 감기에 걸린 적이 있었다. 하교 후 아이들과 함께 원인을 찾다가 기름보일러의 연료가 떨어졌다는 것을 알게 됐다. 당시 그 사실을 알게 된 나는 엄청난 충격에 빠졌다. 도시의 아파트에서 살 땐 수도를 틀면 언제나 따뜻한 물이 나왔기 때문에 나는 보일러의 존재 자체를 몰랐다. 온수를 쓰기 위해서는 보일러에 연료가 필요하다는 것을 그때 처음 알았다. 그 사실을 알고 나는 깜짝 놀랐지만, 당연히 그렇다는 듯 행동하는 친구들을 보니 더이상 놀란 것을 티낼 수도 없었고 이제야 알았다며 신기해할 수도 없었다. 그 순간, 그 공간에서 내가 얼마나 다른 존재의 사람이었는지…. 지리산에서 살고 있지만 지리산에서 사는 사람처럼 느껴지지 않았다. 그리고 그것이 부끄럽게 느껴졌다.

그 부끄러움은 지금까지도 내가 무언가를 알아가는 것에 대한 느낌과 비슷하다. 전혀 다른 환경 속에서 몰랐던 것을 알아가는 것, 그러면서 다른 내가 되는 것 같은 느낌은 지금까지도 기억에 남아 있다. 내가 부끄러움을 느꼈던 이유는 나름대로 지리산 마을 속에서 잘 적응하고, 그 생활이 특별하다고 생각하고 있었기 때문이다. 그러나 전혀 그렇지 않다는 것, 그것이 근거 없는 자신감이라는 것, 어쩌면 자만이었다는 생각이 나를 부끄럽게 만들었다. 이후로 내게 기름보일러는 내 무지의 상징이 되었다.

웬만해선
아무렇지 않아

이후 나는 다시 일반중학교에 편입했다. 중학교 3학년이 되었을 때, 자연스럽게 친구들과 고등학교 진학에 대한 이야기를 나누게 되었다. 특별한 생각이 없던 나와 달리 친구들은 미래에 대해 많은 고민을 하고 있었다. 이미 외고나 과고같이 구체적으로 진로를 결정한 친구들도 있었고, 정해진 것이 없어 일반 인문계에 올라가는 친구들도 있었지만, 대개 대학을 생각하며 불안해했다. 하지만 나는 대학에 꼭 가야겠다는 생각도 하지 않았을뿐더러 고등학교 진학에 대해서도 별다른 고민을 하지 않았다. 부모님께서는 이런 내게 마이스터고등학교를 소개시켜 주셨다. 마이스터고등학교는 당시 이명박 정권이 교육정책으로 내놓은 산업형 고등학교다. 이전의 상고·공고와 다른 점이 있다면, 입시교육을 하지 않고 산업현장 위주의 수업을 한다는 점, 졸업하는 해의 수능에 지원하지 못한다는 점 정도였다. 나는 '이참에 일찍 취업해 돈이나 벌면서 나중에 뭐 할지 천천히 생각해도 되지 않을까~?'라는 생각으로, 큰 고민 없이 집 근처에 있던 마이스터고등학교인 수도공고에 진학했다.

취업에 최종 목표를 두고 있는 학교였으니 2학년 중반부터 여러 기업에서 면접을 볼 수 있는 기회가 생기기 시작했다. 가장 처음 면접을 본 회사는 발전소 기업 중 한 곳이었다. 학교는 적극적으로 면접을 위한 많은 준비를 지원해 주었다. 문을 여는 법과 인사를 하는 법, 걸어가 의자에 앉아서 시선을 맞추는 법과 면접관의 질문 의도를 파악해 대답하는 법 등을 배우면서

고등학생때 면접을 준비하며 썼던 대본. 지금 보면 이런 말을 어떻게 했나 싶다.

몇 번이고 모의면접을 연습했다. 면접 대기실에는 전국에서 모인 학생들이 가득했고 난 그들을 의식하지 않으려고 노력하면서 열심히 내가 연출했던 모의면접을 곱씹었다. 내 번호가 호명됐을 때는 긴장감이 최고조에 이르렀다. 면접실로 향하며 연습했던 대로만 하자고 다짐했지만, 두 명의 면접관과 단독으로 마주하게 된 나는 첫 질문에 울음을 터뜨리고 말았다.

면접을 준비하며 가장 신경썼던 것은 당연히 1년 동안 다닌 대안학교 시절에 대한 질문이었다. 면접관의 첫 질문은 "대안학교에서 어땠어요?"였다. 예상대로였지만 준비한 대답이 무색해질 정도로 면접관에게 설명하는 내 지리산 시절의 일들이 막연하게 느껴졌다. 지금 삼성동 무역센터에 앉아 지리산 산내마을에서 무엇을 경험했는지 늘어놓는 것이 면접관들에게 무슨 소용이 있는 걸까? 나에게 가장 의미있던 일들이 면접관들에게는 아무 상관없는 일처럼 느껴졌다. 내가 울었던 이유는 이런 허탈감에서 비롯된 게 아니었을까? '나는 왜 여기 앉아서 이걸 얘기하고 있는 걸까?' 이후로 내가 본 대부분의 면접은 이런 느낌이었다.

당연하게도 첫 면접의 결과는 실패였다. 면접을 볼 수 있는 기회는 이후에도 여러 번 있었지만 나는 보는 면접마다 떨어지고 말았다. 시간이 지나고 고등학교 졸업이 가까워지면서 친구들은 하나둘 취업이 확정됐지만 나는 여전히 면접준비를 맴돌았다. 졸업을 하고 나서도 한동안 취업준비를 했다. 면접비로 받은 돈(기업에선 면접을 보면 교통비 명목하에 3~5만원씩 면접비를 지급한다)이 50만원이 된 즈음엔 졸업한 지 1년이 지난 후였고 그때서야 나는 취업을 포기하기로 했다.

이기호의 단편소설 「낮은 곳에 임하라」에서는 취준생의 표정을 "웬만

해선 아무렇지 않은 표정"이라고 쓰고 있다. 나는 그 문장을 읽자마자 어떤 것인지 바로 알 수 있었다. 취업에 성공해 학교에 나오지 않는 아이들과 달리, 교실에 남아 앉아 있는 아이들의 표정, 그 표정이 바로 그 시절의 내 표정이었기 때문이다. 주변에서는 조금만 더 해보면 되지 않겠느냐고 나를 위로했지만 나는 "웬만해선 아무렇지 않은 표정"을 짓는 것에 지쳐 갔다. 나의 모습은 취업 면접 결과로 결정되지 않는다고 스스로를 납득시키는 것도 점점 더 힘들어졌다.

밀양을
알게 되다

2014년 봄, 고등학교 졸업 후 나는 여느 20대 초반들이 그러하듯 아르바이트를 시작했다. 그리고 공부도 시작하기로 마음을 먹었다. 무슨 공부를 해야 할까? 한 번도 하지 않았던 입시공부? 아니면 다시 기술을 배워야 할까? 국가 지원을 받는 직업교육이라도 받아야 할까? 여러 가지를 고민했지만 나는 동네에 있는 문탁네트워크가 운영하는 탈학교 청소년프로그램인 〈파지스쿨〉에서 인문학 공부를 시작했다. 그리고 문탁넷과 인연을 맺고 있던 밀양을 알게 되었다.

밀양에 처음 간 것은, 그해 가을 문탁넷의 사람들을 따라서였다. 그때까지만 해도 나는 밀양에 대해 '국가권력의 폭력으로 힘들어하는 사람들'이 있다는 정도로만 알고 있었다. 그 이후로도 몇 번 밀양에 농활을 갔지만 하루이틀뿐이었으므로 관심이 오래가지 않았다. 내가 밀양에서 벌어진 일의 구체적인 사실을 알게 된 것은 2016년 밀양 송전탑 반대 대책위에서 일하는 이계삼 선생님의 책 『고르게 가난한 사회의 북콘서트』에서였다. 이계삼 선생님께서 해주신 밀양이야기를 듣고, 나는 농활을 가기 이전부터 내가 밀양에 대해서 알고 있었다는 사실을 깨닫게 되었다. 정확하게 말하자면 지금까지 내가 밀양에 대해서 아무것도 몰랐던 게 아니었다는 사실을 비로소 알게 되었다는 말이다. (도대체 이게 무슨 말인가?)

언젠가 고등학교 친구로부터 전화가 왔다. 졸업 후 간만의 연락이었기에 서로 근황을 주고 받았다. 친구의 직장이 한전 강원도 지역이었기에 나는 그곳은 시원하겠다며 친구를 부러워했다. 그러자 친구는 지금 밀양으로 출장을 왔다고 말했다. 친구가 가장 어리고 말단이라는 이유로 밀양으로 출장을 갔던 날, 그날은 정부가 송전탑 공사를 강행하기 위해 250명의 한전 직원과 3천 명 이상의 경찰 병력을 투입해 강압적으로 밀양 사람들을 끌어낸, 2014년 6월 11일 밀양행정대집행이 이루어진 날이었다. 친구는 나에게 "선배들은 고스톱이나 치고 있고 여기 뭐하러 왔는지 모르겠어. 심심해서 전화했어"라고 불평을 했고, 나는 "그러면 너도 같이 고스톱이나 쳐"라고 대답했다. 그날이 어떤 날인지는 나도, 친구도 몰랐다.

이런 사례는 하나가 더 있다. 내가 다녔던 수도공고의 재단법인은 한국전력이다. 이 때문인지 학교 수업에는 한전의 이사진들이 와서 강의를 하는 시간도 있었다. 하루는 그분께서 너무 고민이라며 말을 꺼냈다. "송전탑을 세워야 하는데 마을 사람들의 반대가 너무 심하다"라고 말이다. 나는 그때 그곳이 어떤 곳인지, 무슨 일이 있었는지 깊이 생각하지 않은 채 아이들의 대답을 들었다.

버스를 대절할 정도로 많은 청년들이 밀양에 다녀왔다. 실제로 만난 밀양은 마음을 무겁게,
그리고 따뜻하게 만들었다.

"당연히 대(大)를 위해서 소(小)를 희생해야 하는 것 아닌가요?"

"그게(사람들의 반대가) 크게 문제가 되나?"

"이거 그냥 님비 현상 아니에요?"

한전 이사 앞이라 잘 보이고 싶어 그렇게 말한 것인지, 정말 그렇게 생각해서인지는 알 수 없다. 그러나 무엇보다도 나를 두렵게 만드는 것은 그 이야기가 바로 밀양의 이야기였다는 것, 그리고 나 또한 그 말을 듣고 맞는 말이라고 생각했다는 사실이다.

앞서 말한 한전에 취업했던 그 친구는 수도공고에 진학하는 아이들의 '워너비'이다. 그 친구는 정부가 의도했던 교육정책대로 어린 나이에 누구나 꿈꾸는 직장에 취직했고, 자연스럽게 주변 사람들의 선망의 대상이 되었다. 나는 이 친구에게 밀양 송전탑사태에 대한 이야기를 꺼내야 하나 항상 고민한다. 이 친구에게는 아무런 책임이 없을까? 단지 정부의 정책으로 만들어진 학교에 다니다가 취업한 것 아니냐고 변명할 수도 있겠지만, 오히려 그런 이유 때문에 무관하다고 할 수도 없을 것 같다.

뒤늦게 이계삼 선생님의 강연을 듣고 내 이전의 경험을 떠올리게 된 나는 당장 아무 말도 할 수 없었다. 그동안 밀양에 내려가 일손을 도왔던 시간들이 무엇이었는지 혼란스러웠기 때문이다. 사회에서 일어난 어떤 일이 나와 무관하지 않다는 것을 실감할 수 있는 일은 드물다. 우리가 뉴스를 보면서 마음 아파할 수는 있어도, 뉴스 속의 당사자가 될 거라고는 쉽게 생각하지 못하는 것처럼 말이다. 나는 고졸 취업의 신화가 된 친구와, 마을 사람들을 끌어내린 경찰, 그리고 이 모든 것을 '몰랐던' 내가 모두 각자의 사정이 있다고 외면하고 싶었다. 하지만 나는 이미 그 외면이 '모르는 척'밖에 되지 않는다는 걸 알고 있었다. 이러지도 저러지도 못한 채 나는 기름보일러를 처음 알고 친구들에게 아무 말도 하지 못했던 것처럼, 밀양송전탑에 대해서도 쉽게 입을 열 수 없었다.

그래서…
나는 어떤 사람인가

자신이 옛날에 생각없이 한 행동이나 말의 의미를 뒤늦게 알게 되었다고 해도, 사람은 잘 바뀌지 않는다. 다른 사람은 모르겠지만, 나는 그랬다. 내가 얼마나 무지한지에 대한 자책만 늘었지 '그 다음'에 무엇을 해야 하는지 몰랐기 때문이다. 문탁넷에서 나는 많은 일을 했다. 파지스쿨을 다녔고, 중등인문프로그램을 진행하기도 했고, '2030 도시부족' 세미나팀과 뉴욕여행을 다녀오기도 했다. 이 많은 일들 속에서 나는 지각을 하거나, 해오기로 한 약속을 지키지 않는 문제를 '꾸준하게' 일으켰다. 혼나기도 하고, 스스로 다짐하기도 하며 이런 점을 고치기 위해 100일 동안 수행을 하기도 했지만, 나는 혼난 것도 쉽게 잊고 다짐했던 것도 삐끗하기 다반사였다.

그렇게 문탁넷에서 지내는 것이 어느새 5년이 되었다. 그동안 내가 알게 된 것은 나는 엄청난 관성을 가진 요지부동한 사람이라는 점이다. 나는 기름보일러나, 밀양의 일뿐만이 아니라 '내가 어떤 사람인가'에 대해서도 모른 척하고 있었던 게 아닐까? 하지만 내가 문탁넷 생활을 계속하고 있는 이유는 그저 요지부동하고 관성적인 사람이어서가 아니다. 오히려 문탁넷이라는 공간이 내가 아는 것을 '모르는 척' 하지 않도록, 그리고 모르는 것을

'아는 척'하지 않도록 알려 주는 곳이기 때문이다. 그것이 어떤 방식이든 말이다. 문탁넷 5년차, 나의 문제는 무지가 아니라 무지 '다음'에 무엇을 해야 하는가이다.

그래서 나는 '그 다음'을 위하여 그동안의 시간들을 정리해 보려고 한다. 이젠 한껏 두꺼워진 낯짝에 단단해진 맷집만 믿고 있는 것일지도 모르지만, 그래도 문탁넷에서라면 '그 다음'을 향하는 나의 헛발질을 계속할 수 있을 것 같다. 그것이 어디로 튈지 모르는 일이지만 말이다.

2.

나는 무엇을
하고 싶은가

: 문탁네트워크와의 만남편

백수는 좋지만…

동천동으로 이사를 온 건 고등학교 졸업을 한 직후였다. 그때의 내 상황은 오지 한가운데 뚝 떨어진 것과 같았다. 이 동네엔 내 친구도, 학교도, 친척도 없었기 때문이다. 이는 나에게 '해야 할 것이 아무것도 없는 상태'를 의미했다. 하지만 그렇게 당황스럽거나 힘들어하진 않았다. 원래 돌아다니는 것보다 집에서 지내는 것을 좋아했기에 나는 그 즈음부터 집에서 굴러다니기 시작했다. '뭔가 해야 하지 않을까?'라는 생각이 문득문득 떠오르긴 했지만, 그런 생각은 천천히 지나가는 구름을 보다 어느새 구름과 함께 날아가곤 했다. 그때 생각했다. '백수는 좋구나….'

당연하게도 엄마는 집에서만 지내려고 하는 나를 견디기 힘들어하셨고, 집에서 쫓겨나지 않으려면 두 가지 중 하나를 선택해야 했다. 하나, 입사시험을 계속 보고 취업한다. 둘, 뭐든 좋으니 뭐라도 해라! 맞다. 백수가 아무리 좋다고 해도 언제까지고 이렇게 지낼 수는 없었다. 아니다, 사실은 계속해서 이렇게 지내고 싶다!… 이런 양극단의 갈등을 넘나들면서도 솔직하게 아무것도 하고 싶지 않다고 말하지 못한 이유는 조금 복잡했다. 가족과 동생들을 위해 내가 얼른 돈을 벌어 조금이라도 보탬이 되어야 하는 건 아닐까 하는 의무감과 그러지 못하고 있는 현재 상황에 대한 죄책감이 마음 구석에 한데 뒤섞여 불안했기 때문이다.

'해야 할 것이 아무것도 없는 상태'는 곧 소속이 없다는 것과 같은 말이었다. 졸업 이후 나는 대학교, 혹은 회사로 소속이 이어져야 했지만 나의 소속은 그대로 단절됐다. 처음엔 자유를 느꼈다. 하지만 만나는 사람이 점점 적어지고, 더이상 새로운 사람을 만날 수도 없다고 생각하자 자유는 곧 한계가 되었다. 이때부터 소속의 결핍이 절대적으로 느껴지기 시작했다. 어쩌면, 내가 취업을 하기 위해서 보냈던 시간들도 결국에는 소속을 필요로 했기 때문이 아니었을까? 이런 생각이 나를 움직이게 했던 가장 큰 동기였다.

파지스쿨에 오다

이후에 나는 무엇이라도 해야겠다는 생각에 동네에 있는 인문학 공동체의 프로그램에 참여하게 됐다. 〈파지스쿨〉은 문탁네트워크의 청소년 인문프로그램으로 부모님이 나에게 제시한 몇 가지 선택지 중에 하나였다. 2014년 가을에 시작한 〈파지스쿨〉 1기의 수업은 주에 두 번, 6개월 동안 인문·동양고전·영어·N프로젝트(공부하는 아이들끼리 프로젝트를 계획해 진행하는 시간)로 구성되어 있었다. 단순히 가까운 곳에 있다는 이유로 오기는 했지만 생각보다도 수업이 재미있었다. 가장 기억나는 것은 동양고전 시간으로, 이 시간에는 『논어』를 읽었다. 『논어』의 주인공 공자에 대해서 내가 알고 있는 전부는 제사를 지내라고 한 사람이라는 것뿐이었다. 그래서일까, 이미 보지 않아도 『논어』가 지루하고 잔소리 같은 책이라는 걸 알 수 있었다. 그리고 정말 첫인상은 이와 다르지 않았다! 하지만 선생님들과 파지스쿨러들이 함께 『논어』에 쓰여 있는 구절에 하나하나 딴지를 걸고, 마음껏 반박하며, 공자의 말을 이해하고 받아들이는 과정이 재미있었다.

함께 〈파지스쿨〉 1기를 했던 사람들은 세 명이 더 있었다. 중학교를 졸업한 뒤 바로 고등학교로 진학하지 않고 1년의 시간을 갖기로 한 17세 친구, 현대무용을 하기 위해 깊은 생각을 갖고 싶었던 18세 친구, 대학을 자퇴한 24세 친구, 그리고 스물한 살이었던 나. 아무래도 넷 중 둘이나 20대여서 그랬는지 〈파지스쿨〉에서도 주로 '어떻게 살아야 할까?'에 대한 이야기들을 많이 나누곤 했다. "〈파지스쿨〉이 끝나면 다들 어떻게 살 거야?" 이렇게 묻자 모두 각자의 계획을 이야기했다. "나는 다시 고등학교를 다녀 보려구", "나는 유학을 준비할 것 같아" "나는 일단 군대나 가야지"…. 어쩐지 모두 해야 할 것이 있었지만 나는 파지스쿨을 마친 뒤에 무엇을 할지 아무런 계획이 없었다. '아, 이러면 부모님이 뭐 할 거냐고 또 물어보실 텐데…' 나는 부모님과의 실랑이에 대해 걱정할 뿐이었다.

부모님과 나는 이미 '어떻게 살 것인가'에 대해 여러 번 이야기를 나누었지만 언제나 별다른 결론이 없었다. 답답하셨던 부모님은 쉽게 생각해 보라며 이런 이야기를 해주기도 하셨다. "살아가는 방법은 크게 두 가지가 있다. 하나는 '하고 싶은 것'을 하며 사는 방법이고, 다른 것은 나중에 '하고 싶은 것'을 하기 위해 돈을 버는 데 집중을 하는 거야." 두 방법 중에서 나는 '하고 싶은 것'을 하며 살고 싶었다. 그러니 '하고 싶은 것'을 찾기만 하면 된다! 하지만 나는 계속해서 대답을 찾지 못했다. 찾는 건 고사하고 뭘 하고 싶은지 묻는 것조차 소용없다고 느껴졌다. 내가 진정으로 하고 싶은 게 있는지도 모르겠을뿐더러, 이미 취업처럼 해야 되는 것이 정해져 있는 것 같았기 때문이다.

그러다 N프로젝트를 위해 선생님들과 이야기를 나누게 되었다. 처음에는 N프로젝트 시간이 개인적인 자기계발의 시간이라고 생각했다. 그래서 나는 나름 '유용한' 시간을 보내기 위한 의견을 냈다. "컴활컴퓨터활용능력자격증을 따는 건 어떨까요?", "토익점수를 올려야 하는데…" 평소에 한 번쯤 생각해 본 것들을 얘기하기 시작했다. "요리는요? 한식자격증 같은 걸 따는 거예요." "한국사 공부를 할까요?" "캘리그라피 같은 건요?" 등등. 내 의견이 종이 한 면이 넘어가도록 결정을 못하자 노라샘은 나에게 이렇게 말씀하셨다. "나중을 생각하지 않고 해보고 싶은 것은 없어?"

그동안 나에게는 '나중'의 일이 가장 중요했다. 사실 학교는 나중을 위해 다니는 곳이었다. 그러다 보니 내가 하려는 것은 나중을 위한 일이 아니면 불필요한 일이 되곤 했다. 노라샘의 말을 들은 이후 나는 처음으로 '하고 싶은 것'이 미끼 같은 것이 아닐까 생각했다. 누가 던졌는지도 모를 미끼를 좇는 물고기처럼 언제부터인가 나는 '하고 싶은 것'이라는 미끼를 따라가고 있었다. 그 미끼를 물 수도 있다는 생각만으로 지내 온 것은 아닐까? 지금까지 취업과 진학을 하려고 했던 건 그저 하고 싶은 것을 이루기 위한 가능성을 키우기 위한 것이 아니었을까? 나는 유용함을 생각하기보다 그저 글을 써 보고 싶다는 마음을 살려 중국고전 『사기』 글쓰기 세미나를 듣는 것으로 N프로젝트를 진행하기로 했다. (그리고 거기서 지옥을 맛봤다.)

파지사유 매니저가 되다

〈파지스쿨〉 1기가 끝나고 나는 한 번 더 〈파지스쿨〉을 다니고 싶어졌다. 나중을 고려하지 않고 대학진학도, 일도, 취업도 하고 싶지 않은 내가 할 수 있는 최선의 선택이라고 생각했기 때문이다. 그러나 부모님은 대학진학도, 일도, 취업도 하지 않고 대신 〈파지스쿨〉에 다니겠다는 내 의견에 반대를 하셨다. 〈파지스쿨〉은 사회에서 통용되는 졸업장을 주는 것도 아닌데, 더욱이 이미 한 번 한 것을 굳이 더 하는 이유가 무엇이냐는 거였다. 이어지는 대립에 급기야 엄마는 비장의 카드를 썼다. 〈파지스쿨〉을 다닐 학비를 대주지 않기로 한 것이다. 250만원 정도 했던 〈파지스쿨〉 학비는 대학에 비하면 적은 돈이었지만 백수인 내가 감당하기에는 굉장히 높은 벽이었다. 생각보다 강경한 부모님의 대응에 당장 내가 학비를 벌기 위해 할 수 있는 것이 없다는 빠른 결론을 짓고 선생님들에게 2기를 하기 어렵다고 말씀드렸다. 그리고 며칠 뒤, 연락이 왔다. 내가 〈파지스쿨〉을 다닐 수 있는 방법이 있다는 것이다.

그 방법인즉슨, 문탁넷에서 만든 '길위기금'에 〈파지스쿨〉 학비 일부를 신청하자는 것이었다. 이뿐만이 아니었다. 당시 〈파지스쿨〉은 문탁넷에서 여러 활동이 이루어지는 '마을공유지 파지사유'에서 수업을 했는데, 여기에서 청년매니저 활동을 하면 활동비를 받을 수 있다고 했다. 지금은 파지사유가 자율카페로 변경됐지만, 당시에는 시간별로 매니저가 담당하고 있었는데 이들에겐 월 10만원 정도의 활동비가 지급되었다. 내가 청년매니저를 한다면, 활동비로 월 30만원을 줄 테니 그것으로 학비를 충당하는 것이 어떻겠냐는 제안이 들어온 것이다.

나는 이런 제안에 기쁘기보다 당황스러움이 앞섰다. 그 당황스러움이란 마치 이전에 '하고 싶은 것'을 물었을 때 쉽사리 말하지 못했던 것과 비슷했다. 〈파지스쿨〉을 다시 하고 싶긴 했지만 반년밖에 안 본 사람에게 일을 준단 말인가? 나에게 무엇을 바라는 걸까? 내가 카페 일을 잘 못하면 〈파지스쿨〉에서도 잘리는 걸까? 아니, 젊다고 돈을 더 준다는 게 말이 되나? 이런 고민과 걱정 속에서도 나는 이런 대답을 할 수밖에 없었다. "그럼 완전 좋죠!" 좋고말고요….

파지사유가 다른 카페와 다른 점이 있다면 바로 '마을공유지'라는 것이다. 마을공유지는 사람들이 함께 공간을 사용하고 관리한다는 의미인데, 내가 처음부터 이런 특성에 익숙했던 것은 아니다. 그동안 내가 했던 '일'은 시간에 맞춰 주어진 것을 하는 알바뿐이었다. 그렇기 때문에 나에게 익숙한 방식으로 시키는 일만 일하려고 했다. 그런데 이상하게도 이곳에선 그렇게 일할 수 없었다.

〈파지스쿨〉을 다닐 땐 일주일에 두 번만 왔지만 매니저 일이 더해져 다섯 번을 오게 되어 사람들과 마주치는 일이 많아졌다. 파지사유는 외부 손님보다 문탁네트워크에서 활동하는 사람들이 주된 이용자다. 그러다 보니 어제 본 사람을 오늘 보기도 하고 누가 언제 오는지도 다 알 수 있게 된다. 게다가 저녁에는 가끔 행사를 했는데 마감시간을 넘어서까지 진행되곤 했다. 나는 이미 카페 마감시간을 다 알고 있을 사람들에게 마감시간이 지났으니 나가라고 해야 할지 한참이나 고민을 하기도 했다. 만일 알바였다면, 아주 짜증나는 상황이었을 것이다. 하지만 여기에서는 오히려 무슨 행사인지 궁금해져 한구석 차지하고 앉아 행사를 구경하다 열두 시가 다 되어 집에 가기도 했다.

그러다 보니 문탁넷에서 자주 보이는 사람들이 눈에 들어오기 시작했다. 어른들은 내게 나이차가 많이 나는 사람들과 얘기하는 게 힘들지 않느냐고 하셨지만, 솔직히 말하자면 별로 신경쓰이지 않았다. 스스럼없는 성격 때문일 수도 있다. 하지만 그보다는 이곳에서 생활하는 사람들이 궁금했고, 그들에 대해 자세히 알고 싶다는 마음이 더 커졌다. 왜 이 사람들은 여기서 공부를 하는 걸까? 공부가 어렵다고 하면서도 왜 계속 오는 것일까? 문탁넷에서 처음 만난 사람이고, 게다가 다른 세미나를 하는 사이인데도 어떻게 저렇게 가까워 보이는 걸까?

공부를 하는 이유

이런 의문이 어느 정도 풀리게 된 것은 2015년 문탁넷 축제일이 다 되어서였다. 문탁넷의 축제는 1년간 배우고 생각했던 것을 모아 함께 나누는 장이다. 그러다 보니 여러 사람의 많은 이야기들이 며칠간 집중되어 쏟아진다. 그해의 주제는 '좋은 삶: 부엔 비비르(Buen Vivir)'였다. 나는 그저 참석한다는 의의를 가지고 자료집을 읽고 사람들의 이야기를 들었다. 자료집에는 문탁넷에서 자주 보았던 사람들이 왜 문탁넷에서 공부하는지, 그들이 어떤 좋은 삶을 살고 싶은지에 대한 이야기가 적혀 있었다.

〈파지스쿨〉 선생님인 뿔옹샘은 대기업을 다니다 직장을 관두고 문탁넷에서 공부를 시작하셨다. 청소년과의 만남이 선생님에게 질문이 되었고, 적극적으로 회사를 나와 아이들을 만나기 시작하신 것이다. 스마일리샘은 핵발전소에 대한 문제의식을 가지고 적극적인 탈핵활동을 하고 계셨다. 샘은 발전소에 취업할 뻔했던 나를 데리고 함께 핵발전소 반대 시위에 나가기도 하셨다. 명식 오빠는 대학교를 수석으로 졸업했는데 당연히 가고 싶을 것이라 생각했던 대학원에 가지 않고 이곳에서 무엇을 할 것인가 고민하고 있었다. 그리고 내 또래인 고은이는 문탁넷에서 하는 공부가 대학에서 하는 공부보다 훨씬 더 자신의 삶에 직접적인 질문을 던진다고 했다.

> 각자 다른 방식이지만 일반적인 루트와 생각으로 살겠다고 얘기하는 우리는 결국 비슷한 곤경에 처한 게 아닐까? 각자 스스로 길을 내도록 둘 것인가? 우리는 아마 그렇지 않을 것이다. 그랬을 때, 여기 문탁넷에 공부하며 세상을 만나러 온 우리는 어떤 힘을 가질 수 있을 것인가? 어떻게 힘을 가질 수 있을 것인가? (김고은, 「공부를 하기로 했다」, 『문탁넷 2015 축제 자료집』)

나는 그 이야기들이 바로, 사람들이 이곳에서 함께 지내는 이유라는 걸 알았다. 함께 공부를 하고 생각을 나누고 스스로를 다지고 있는 이유는 각자가 자기 질문에 해답을 찾고 있는 과정이기 때문이었다. 각자가 처한 구체적인 상황은 달랐지만 공부를 통해 길을 찾는다는 점은 비슷했다. 좋아하는 것에 대한 고민, 하고 싶은 것에 대한 고민은 결국 내가 지겹게 들어왔던 "어떻게 살아가야 할까?"라는 고민으로 모아졌다. 내가 나중을 위해 살고 싶지 않다고 생각했던 것처럼 이 사람들도 내가 부딪치고 있는 삶의 문제를 위해 공부하고 고민하는 사람들이었다. 고은이는 다니던 대학을 자퇴하고 정말 문탁넷에서 공부를 시작했다.

문탁네트워크 2015년 인문학축제. 세미나 발표를 듣다가 다들 웃음이 터졌다.

나는 기뻤다. 왜 신났던 걸까? 그 이유는 '어떻게 살아야 할까'라는 질문에 답답해하던 내가, 바로 옆에서 '어떻게 살아야 하는지' 같은 고민을 하고 있는 사람을 찾아서였고, 이 질문의 해답을 위해 함께 공부하고 활동을 하고 있는 사람들을 알게 되어서였다. 불손하게 들릴지 모르겠지만, 어른들과 내가 함께 있어도 별다른 불편함을 느끼지 않았던 이유는 어른들이 나와 다르지 않은 고민을 갖고 있다고 생각해서였다. 그리고 나도 이 사람들과 함께 무언가를 '하고 싶어'졌다.

문탁넷에 처음 온 친구들에게

나는 '길위기금'과 파지사유 매니저 활동비로 학비 250만원을 해결할 수 있었다. 그렇다고 해서 파지사유 매니저로 일한 것이 마냥 좋은 일들의 연속이었던 건 아니지만, 이 일이 알바와 다르다고 느낀 것은 (문탁넷 사람들에게 매일 잔소리를 들은 탓도 있지만) 공유지 관리를 나에게 맡긴 사람들이 나를 단순히 알바생으로 생각하지 않았기 때문이다. 돌이켜보면 이건 정말 어마어마하고 굉장한 환대였다. 영문도 모른 채 그런 환대를 받았으니 당황스러운 것이 당연했다.

정말 어떻게 이렇게 쉽게 사람을 받아들일 수 있는 걸까? 이렇게 돈을 주려 하고, 아무렇지 않게 진심을 다해 열정적으로 구박하고, 또 다음날 다시 웃으며 만날 수 있을까? 그 이유를 알게 된 것은 훨씬 나중이었다. 당연하지만 문탁넷에 있는 사람들도 백수였던 나를 단번에 받아들이고자 했던 것은 아니다. 나에게 주었던 '길위기금'은 단순히 돈이 부족한 청년들에게 주는 기금이 아니라, 앞으로도 함께 지내고 싶은 이에게 주는 선물이었다. 파지사유 매니저 활동은 〈파지스쿨〉만 하던 내가 다른 사람들을 알고, 나아가 문탁넷을 알아가는 하나의 과정이었다. 매니저 일을 하지 않았다면 문탁넷에 대해서 얼마나 알 수 있었을까? 그러니까, '길위기금'을 받고 파지사유 매니저가 된 것은 내가 순전히 운이 좋고 사람이 좋아서가 아니라, 어느 정도 '너도 여기서도 지낼 수 있다'는 것을 알려 주기 위한 어른들의 은근한 꿍꿍이(?)가 있었다는 거다. 그러면 어떤가? 결국 나는 문탁넷에서 더 지내 보기로 마음을 먹었다. 더이상 실현될지 모르는 미래를 위해 지금을 희생하기보다 지금 내가 무엇에 집중해야 하는지를 생각하며 말이다. (이젠 좀 나중을 생각해야 할 텐데.)

그러고 보니 처음 파지스쿨을 다닐 때만 해도 문탁넷에서 돌아다니는 20대가 정말 몇 없었는데, 요즘에는 〈예술프로젝트〉나 〈길 위의 인문학〉을 통해 새롭게 만나는 친구들이 많아졌다. 나는 처음 문탁넷 사람들이 궁금했던 것처럼 새롭게 만나는 친구들도 궁금하다. 어쩌다 문탁넷에 오게 됐는지, 어떤 고민을 가지고 있는지, 그리고 처음의 나처럼 문탁넷이 당황스러운지 말이다. 그리고 얘기해 주고 싶다. 당황스러울 수도 있고, 난감하거나 힘들 수도 있다. 하지만! 문탁넷은 너가 고민하는 것을 함께 고민해 주고, 같이 생각할 수 있는 곳이라고 말이다.

3.
나에게 뉴욕은

책으로 뉴욕을 먼저 만나다

어느 가을날, 세미나 쉬는 시간에 문탁 선생님이 들어오셔서 이런 말을 하셨다. “너네들 중에 뉴욕 갈 사람?!” 갑자기 뉴욕이라니? 난데없는 해외여행 제안에 놀랐지만 나는 ‘떠난다’라는 사실만으로도 신이 났다. 게다가 무더운 여름이 지나고 선선한 가을 날씨의 뉴욕이라니! 그렇게 100일 수행을 함께했던 고은이와 2030세미나를 함께하던 광합성(이하 합성), 문탁 선생님으로 뉴욕 여행팀이 꾸려졌다.

하지만 여행팀이 꾸려지자마자, 나는 (정확히 말하면 나 혼자) 난관에 봉착했다. 그 이유는 돈이 없어서도, 영어를 못해서도, 여행이 두려워서도 아니었다. 바로 뉴욕 여행팀이 꾸려지자마자 시작된 것이 ‘세미나’였기 때문이다. 흔히 여행을 준비한다면 어떤 짐을 챙겨갈지, 현지에서 어떤 곳을 갈지, 무엇을 경험할지부터 떠올릴 것이다. 정말로 나는 “책부터 읽어야지”라는 말이 여행 가이드북 중 어떤 것을 읽을지 고민하는 말인 줄 알았지, 뉴욕 여행을 위해 ‘세미나’를 하자는 말일 줄은 몰랐다! 함께 읽게 된 책은 이와사부로 코소의 『뉴욕열전』. 그렇게 단기 뉴욕 여행준비 세미나가 열렸고 나는 첫 발제를 맡았다. 하지만 평소처럼 꾸물거리던 나는 하루 전 날에야 책을 읽기 시작했고, 첫 세미나에 결국 발제문을 완성도 못한 채 한 시간 지각까지 하고 말았다.

내가 오지 않았다는 소식을 들은 문탁샘은 고은과 합성과 함께 나를 기다리고 계셨다. 당연히 문탁샘에게 엄청난 불호령을 맞았다. “너는 뉴욕에 가지 마!"라는 말씀까지 하시며 문탁샘은 세미나실에서 나가 버리셨다. 그러나 고은과 합성은 문탁샘의 그런 불호령에도 불구하고 앞으로 어떻게 하면 좋을지 함께 고민해 주었다. 나는 설령 뉴욕에 가지 못하게 되더라도, 고은과 합성에게 미안해서라도 이번 책의 발제만은 마쳐야겠다는 생각이 들었다. 합성과 고은에게 사과를 하고 이후 세미나가 끝날 때까지 모든 발제를 책임지겠다고 약속했다. 내 노력이 갸륵해서인지, 안타까워서인지 다행히도 나는 뉴욕 여행에 합류할 수 있었다.

〈파지스쿨〉 수업에서나, 다른 세미나에서 책의 일부를 읽고 발제를 했던 적은 있지만 책 한 권을 전부 발제한 것은 그때가 처음이었다. 덕분에 여행에 왜 공부가 필요한지 이해하지 못했던 내가 제일 열심히 뉴욕을 공부했다. 뉴욕은 정말 신기한 특이성을 가지고 있는 공간이었다. 흔히 미국은 "인종의 샐러드볼"이라고 불리는데 그중에서도 뉴욕은 가장 그 별명에 걸맞은 도시였다. 더욱이 뉴욕은 단순히 이민자들이 모인 곳일 뿐만 아니라 무수한 사건들과 시간이 쌓여 만들어진 장소라는 걸 이해하게 되었다. 이제는 영화 속에서 등장하는 인물들—무시받는 시골 여자, 뮤지컬 배우가 꿈인 흑인 게이 배우, 이방인을 싫어하는 퀸스 출신 약쟁이 집주인들—이 입체적으로 느껴졌고, 그만큼 뉴욕을 이해할 수 있게 되었다.

직접 만난 뉴욕의 모습들

사실 이것만으로도 나는 뉴욕 공부를 한 보람을 느꼈다. 뉴욕으로 떠나는 비행기에서 무심결에(?) '굳이 뉴욕에 가야 할까?'라는 생각까지 들 정도였다(이미 비행기에 탔으면서 말이다). 생각해 보자. 사실 세상 어딜 가나 맥도날드와 KFC가 있고 건물들의 모습도 전부 비슷하고 핸드폰만 있으면 어느 곳이든 보고 듣는 것이 가능한데 이미 공부까지 한 마당에 꼭 그 현장에 가야만 하는 걸까?

비행기를 타고 가며 한동안 그 생각에서 벗어나질 못했는데, 뉴욕에 도착하고 나서는 '굳이 가야 할까'라던 생각이 무색하게도 예상하지 못한 여러 부분에서 깜짝 놀랐다. 먼저 대도시임에도 한국보다 맑은 공기와 아름다운 뉴욕의 풍경에 놀랐다. 게다가 더럽기로 악명 높은 뉴욕 지하철도 내 눈에는 그다지 더럽지 않았다. 또 의외로 맥도날드와 KFC도 많지 않았다! 대신 뉴욕에서만 즐길 수 있을 것이라 생각했던 박물관이나 미술관은 그다지 재미가 없었다. 오히려 거리 여기저기 널려 있는 전시와 인파에 금방 피곤해졌다.

반면에, 뉴욕에서 재미있었던 것은 대체로 이런 것들이었다. 고은과 합성, 문탁샘과 함께 도시락 싸서 공원에서 도시락 까먹기, 열심히 지도 찾아 대중교통을 이용하면서 사람 구경하기, 매주 주말 동네학교에서 열리는 플리마켓 가 보기, 현지 서점에서 열리는 책세미나에 하나도 못 알아듣더라도 앉아 있어 보기, 바쁘게 움직이는 사람들 사이에서 여유부리며 거리 거닐기… 어쩌면 조금 식상한 말일지 모르겠지만 정말 뉴욕에서만 즐길 수 있었던 것은 미처 예상하지 못했던 마주침이었다.

아큐파이(Occupy) 시위가 열렸던 주코티 공원(Zuccotti Park)과 얼마 안 떨어진 곳에 있었던 월가의 황소는 생각보다도 조그마했다. 거리가 축

맨해튼은 정말 걷기 좋은 거리였다. 길도 어렵지 않고, 동쪽 끝에서 허드슨강까지 걷는 데 네시간이 채 걸리지 않는다. 우리는 일주일에 네 번은 맨해튼에 와서 구석구석을 돌아다녔다. 사진은 이스트 빌리지 근처에 있는 퍼블릭 시어터(The Public Theater) 앞을 지나다가 뉴욕에 함께 간 광합성을 찍은 모습.

제 장식들로 뒤덮여 이곳이 뉴욕인지 이탈리아인지 헷갈릴 정도였던 산제나로(San Gennaro) 축제에서는 조금만 벗어나도 중국 뒷골목의 거리가 펼쳐지곤 했다. 모퉁이를 돌았을 뿐인데 어떻게 그렇게 순식간에 다른 풍경이 펼쳐질 수 있는지! 우리가 지낸 숙소가 있던 퀸스에서는 백인을 찾아보기 힘들 정도로 히스패닉과 멕시칸이 많았다. 맨해튼에서 돌아다니면서 백인들에게 둘러싸이다 숙소로 돌아올 때면, 하루에 몇 번씩이나 새로운 도시에 온 것 같았다. 그런 순간들마다 『뉴욕열전』에서 보았던 대로 뉴욕은 정말 세계의 모든 것을 모두 모아 놓았음에도 서로 섞여 있지 않은 '잡다한 공간'이라는 것을 알 수 있었다. 내가 뉴욕의 모습에 놀라고, 여행을 재미있어 했던 것은 그 순간들 속에서 『뉴욕열전』에서 읽은 모습들이 스쳐 지나갔기 때문이 아니었을까.

우리는 뉴욕에 3주 동안 머물렀는데, 보통 그 정도 기간을 머문다고 한다면 주로 가까운 워싱턴이나 보스턴도 다녀오는 것을 추천한다. 하지만 나는 다른 곳에 가 보고 싶다는 생각이 전혀 들지 않았다. 지나가는 거리마다 마주치는 뉴욕의 모습이 새로웠기 때문이다. 그중에서도 뉴욕에서 있었던 특별한 마주침에 대해 이야기하려 한다.

뉴욕에서의 만남 #1
마르크스

그 예상하지 못했던 만남은, 바로 마르크스다. 그 당시 고은과 합성은 상반기에 『자본론』을 읽고 이어 하반기에도 마르크스를 공부하고 있었다. 뉴욕에 다녀오는 동안 문탁넷에서 열리는 세미나 진도를 따라가기 위해선 자체적으로 뉴욕에서도 시간을 내서 공부를 해야 했다. 뉴욕 일정을 계획하면서 주에 두 번 세미나 시간을 비워 두었고 그 계획표를 보며 '나는 마르크스 공부 안 하니까 따로 더 돌아다녀야지'라고 생각했다. 이미 뉴욕도 공부했는데 거기까지 가서 시간 아깝게 어떻게 공부까지 한담! 그런 내 생각이 다 보인다는 듯 문탁샘은 "놀 궁리하지 말고 너도 책 챙겨 가!"라고 하셨고, 그렇게 뉴욕에서 마르크스 공부를 하게 되었다.

그때 당시 읽었던 마르크스의 글들은 『자본론』을 쓰기 이전의 초기 저작들이었다. 이미 『자본론』을 읽어서 마르크스에 대해 어느 정도의 이해가 있는 고은과 합성과 달리 텍스트를 읽으며 나는 혼란에 휩싸였다. 무슨 말을 하는 것인지도 모르겠고, 왜 읽는 건지도 모르겠으며, 단지 뉴욕을 오는 대가로 읽어야 하는 의무로만 느껴졌다.

그렇게 졸았는지 안 졸았는지 모를 세미나를 두 번 정도 하고 나서였다. 우리는 맨해튼 소호 근처를 지나가다가 우연히 '맥날리 잭슨'(Mcnally Jackson)이라는 한 서점에 들리게 되었다. 그곳에는 직접 제본할 수 있는 기계도 있었고 여러 일간지와 주간지도 진열이 되어 있었다. 그런데 그곳에서 딱! 마르크스를 마주쳤다! 주간지 표지에 코카콜라와 마르크스를 합친 벽화가 실린 것이 눈에 들어온 것이다. 뉴욕에서 마르크스를 마주친 것은 이뿐만이 아니었다. 래디컬 북카페 '블루스타킹'(Bluestockings)에서도 마르크스를 공부하는 세미나원들을 모집하는 것을 볼 수 있었다.

순전히 우연이었지만 덕분에 이를 계기로 마르크스를 공부하는 것에 대해서 다시 생각하게 됐다. 그동안 나는 문탁넷에서 별다른 질문 없이 새

북카페 블루스타킹에서 본 가을 세미나원을 모집하는 포스터.

로운 공부를 시작하곤 했다. 그런데 뉴욕에서 만난 마르크스를 읽고 있는 사람들을 보며 '왜 사람들은 아직도 이 오래된 책을 읽고 있는 걸까?' 궁금해지기 시작했다. 그래서였을까? 나는 뉴욕 여행을 마치고도 마르크스 세미나에 합류해 그의 글을 읽어 나갔다.

마르크스가 얘기하는 많은 것들 중에서도 나는 '프롤레타리아트'에 대해 가장 깊은 인상을 받았다. 프롤레타리아트는 자본이 없는 노동자들이면서도 자본을 작동시키고 유지하는 사람들이다. 나 역시도 스무살 이후로 취업에 실패한 뒤, 불만 많은 알바생으로 시급을 받아가며 지내고 있다. 문탁넷에서 공부를 하고 활동하는 것 이외에는 알바가 거의 유일하게 내가 생계를 이어 갈 수 있는 방법이기 때문이다.

신기하게도 나는 마르크스를 읽기 전까지 내가 '노동자'라거나 '프롤레타리아트'라는 생각을 해본 적이 없었다. 언젠가 취직에 성공해 '다른 일', '진짜 일'을 할 것이라고 생각해 왔다. 그런데 마르크스에 따르면 언젠가 내가 생각했던 '진짜 일'을 하더라도 자본을 더욱 공고히 하는 사람이 될 뿐이었다. 책을 읽으면서 마르크스가 말하는 노동자, 프롤레타리아는 바로 나라는 생각이 들기 시작했다. 마르크스는 나와 같은 프롤레타리아들에게 세계를 전복시킬 수 있는 힘이 있다고 말한다. "만국의 프롤레타리아여, 단결하라!"(「공산주의당 선언」) 이 말은 분명 마음속에 뜨거운 무언가를 불러일으키는 감동스러운 말이었다.

그러나 한편으로는 프롤레타리아트라는 말이 부담스럽게 느껴지기도 했다. 익히 알고 있듯 공산주의 혁명은 실패했고, 자본주의 체제의 전복이 정말 현실적으로 가능한 것인지 나 역시도 의심이 들었기 때문이다. 내가 프롤레타리아라면, 마르크스가 자본의 전복이라고 말하는 행위를 해야만 하는 걸까? 이런 생각은 나로 하여금 내가 프롤레타리아트에 속해 있다고 생각하면서도 그를 부정하고 싶게 만들었다. 현실에 얌전히 수긍하고 싶진 않지만 적극적이지도 못하는 이중적인 마음이라고 해야 할까. 마르크스 공부는 나에게 복잡한 생각을 하게 만들었지만 결과적으로는 이런 마음을 불러일으키는 것이 지금까지도 사람들이 마르크스를 읽는 이유가 아닐까 하는 생각이 든다.

뉴욕에서의 만남 #2
해완

마르크스와의 만남 이외에도 뉴욕에서는 예상하지 않았던 새로운 만남이 또 있었다. 그것은 우리가 뉴욕에서 머무는 동안 지낸 '크크성'의 관리인이었던 해완과의 만남이었다. 크크성은 문탁넷과 비슷한 인문학 공동체, 〈남산강학원〉에서 만든 일종의 뉴욕지부 공동체라고 할 수 있다. 해완은 2014년부터 이 크크성을 운영하며 뉴욕에서 지내고 있었다.

해완은 뉴욕에서 정말 많은 일들을 하고 있었다. 조금 나열해 보자면 뉴욕에서 체류할 수 있는 비자를 받기 위해 커뮤니티칼리지(community college)에 입학한 뒤 장학금을 받을 정도의 공부를 해야 했고, 따로 생계를 위해서 알바를 하고 있었으며, 크크성도 운영하고 있었다. 세 차원의, 아니 그보다 더 많은 차원의 일들을 같이 하고 있는 것이 말도 안 된다고 생각했지만 해완은 거기에 더해 작가로서 글 연재까지 하고 있었다. 내가 해완에

우리가 귀국하기 전 열었던 파티에 모인 해완의 친구들.

게 정말 힘들지 않냐 물었을 때, 해완은 힘들지 않다면 거짓말이겠지만 공부가 뉴욕에서 지내는 데 큰 버팀목이 되어 주었다고 했다. 한국에서 가져온 것은 돈이나 짐이 아니라 다름 아닌 공부라고 말이다. 나라면 당장에라도 도망쳤을 텐데, 해완이 말하는 공부가 무엇이기에 고된 뉴욕 생활을 버틸 수 있게 해주었던 것일까?

귀국하기 전, 우리는 파티를 열어 해완의 친구들을 초대했다. 그 친구들은 세계 각국에서 모인 사람들이었다. 일본에서 온 사람도 있었고 대만이나 베네수엘라에서도 온 사람도 있었고 인천에서 왔지만 뉴욕에서 알게 된 사람도 있었다. 어떻게 이렇게 다양한 사람들과 가까워질 수 있었을까? 거기서 나는 해완이 말했던 공부에 대해서 알 수 있었다. 이곳에 오기 전에 공동체에서 지낸 경험이 바로 새로운 사람을 만날 수 있게 했던 공부였던 것이다. 해완의 공부는 장학금을 받기 위한 공부가 아니라 다른 사람들을 만나는 법, 그리고 그 사람들을 알아갈 수 있는 법이었다.

해완에게 들었던 이야기 중 뉴욕은 특별한 사람들만 모이는 곳이라고 생각하기 쉽다는 말이 기억에 남는다. 해완도 처음에는 저마다 사연 있는 과거에 놀라기 일쑤였다고 한다. 하지만 그렇게 특별하게 느껴졌던 이유는 모두 저마다의 다른 삶을 거쳐 뉴욕이라는 타지에서 만났기 때문이라고 한다. 단지 그 이야기를 듣지 못했을 뿐, 그저 각자의 삶의 이야기를 가지고 있는 사람들이라는 걸 알았다고 했다. 그 이야기를 듣고 나는 해완의 공부가 그런 사람들의 이야기를 듣는 것, 그들의 이야기를 통해 비로소 다른 이를 이해하고 상대에 대해서 알아가기 위한 노력이 아닐까 하는 생각이 들었다. 내가 뉴욕 거리를 거닐며 마주쳤던 잡다한 뉴욕이 바로 해완의 거실로 요약

되는 것 같았다.

현재 해완은 뉴욕에서의 생활을 마무리하고 쿠바에서 생활하며 의대에 다니고 있다. 해완은 분명 그곳에서도 다양한 공부를 만들어 갈 것이다.

여행을 마치고

누구에게나 해외여행은 특별한 추억으로 남을 것이다. 물론 나도 그렇다. 운 좋게도 뉴욕에 다녀온 이후로도 나는 몇 번 더 가족들과 해외로 여행을 할 수 있는 기회가 생겼다. 한 번은 일본 오사카에 다녀왔고 다른 한 번은 독일을 10일 동안 다녀왔다. 두 곳 다 처음 가 보는 곳이고, 뉴욕만큼이나 기대했지만 이상하게도 나는 지루하고 힘들었다. 싫었다는 것이 아니다. 여행은 좋았고 즐거웠지만 이상하게도 계속해서 가장 돈 없이 지내고 잔소리도 제일 많이 듣고 일도 제일 많이 했던 뉴욕 여행이 떠올랐다.

사실 사람들은 일상의 일탈을 위해 여행길에 오르곤 한다. 주변만 봐도 명절 때 친척집 가듯 연례행사로 해외여행을 가는 친구들이 있다. 그 친구들에게 해외여행은 일상에서의 단절과 또 복귀를 위한 휴식에 가까울 것이다. 하지만 나는 뉴욕에서 여느 일상과 비슷한 생활을 보내고 왔다. 여행을 준비하며 세미나를 시작했고, 뉴욕에 가서도 공부를 했으며, 여행에 다녀와서도 계속해서 공부했다. 내가 이런 여행을 다녀왔다고 말한다면 친구들은 하나마나한 여행을 한 거라고 말할 수도 있겠다. 하지만 나는 바로 그 지점이 계속해서 뉴욕이 떠오르는 이유라는 생각이 든다. 뉴욕에서 인상 깊었던 마주침의 대부분이 바로 공부로 인한 만남이었기 때문이다. 이후에 다시 여행을 갈 수 있는 계획이 생긴다면 가장 먼저 책을 펼쳐들 것이다. 가이드북이 아닌 그곳의 역사와 문화를 알 수 있는 책 말이다.

4.
나에게
예술은

예술프로젝트가 만들어지게 된 경위는 이렇다. 그 당시 문탁넷 근처를 어슬렁거리다 가끔 만나서 놀고 이야기를 나누던 청년들의 공통분모가 바로 예술이었다. 음악을 하고 싶어 하는 사람, 연기를 하고 싶어 하는 사람, 영화를 만들고 싶은 사람 등. 하지만 대부분 백수에 다양한 이유들로 지속적인 결과물을 내지 못하고 있었다. 그 청년들을 모아서 "판은 깔아 줄 테니 너희들은 결과물만 내라!"고 만든 것이 바로 문탁넷의 예술프로젝트다.

나는 예술을 해야겠다고 생각한 적은 없었지만, 예술을 좋아한다는 이유 하나로 이 만들어진 판에 참여하게 되었다. 처음에는 분명 친구들과 함께 가벼운 마음으로 시작했는데 2년 동안 진행하고 난 이후엔 이제 예술작업으로 밥벌이를 고민하게 될 정도가 되었다. 나에게 예술은 무엇이었을까? 나는 무엇을 하려고 하는 걸까?

어쩌다
예술을 시작하고

예술프로젝트는 참여한 사람들이 서로 예술에 대한 생각을 나눌 수 있도록 관련된 책을 몇 권 읽는 것으로 시작한다. 예술프로젝트 1기에서 읽은 책은 발터 벤야민의 『기술복제시대의 예술작품』이었다. 쉽지 않은 책이었지만 자신의 분야에 대한 생각을 두려움 없이 나누고 앞으로 진행하고 싶은 작업에 대해 많은 이야기를 나눌 수 있었다.

사실 나는 처음 예술프로젝트를 시작할 때까지만 해도 단독으로 작업 결과를 내겠다는 생각이 없었다. 영상을 하는 지용과 음악을 만드는 의현 사이에 은근 슬쩍 끼어서 뮤직비디오를 만들어 보려는 단순한 계획이었다. 그런데 어느 순간, 나는 개인 작업을 계획하고 있었다. 그렇게 된 데에는 이유가 있었다.

예술프로젝트를 하기 전에는 예술이란 그저 아름다운 것, 깊고 중요한 의미를 가진 것이라는 생각에 나와는 아주 멀다고 생각해 왔다. 그런데 사전세미나에서 책을 읽고 이야기를 나누다 보니 예술은 인간의 지각에 대해 끊임없이 질문을 던지는 활동일지도 모르겠다고 생각하게 되었다. 당시 나는 『천자문』세미나를 하고 있었는데 그 한자들을 볼 때면, 특정한 장면이나 풍경, 때로는 한자의 질감(?)이 느껴지기도 했다. 만약 내가 보는 방식으로 다시 한자를 표현한다면, 다른 사람들도 한자에 대해 다른 지각을 갖게 되지 않을까? 아니, 그 이전에 한자인 것을 알아차릴 수는 있을까? 사람들이 한자로 생각하지 않는다면 그것은 한자가 아닌 걸까? 이런 질문들을 떠올리며 '한자'라는 문자를 보는 감각이 모호해지는 재미있는 아이디어라는 생각이 들었다.

아이디어 자체는 좋았지만 실제로 구현해 나가는 작업은 쉽지 않았다. 그렇게 한편으로는 머릿속의 생각을 눈에 보이는 디자인으로 표현하고, 다른 한편으로는 매주 피드백을 주고받는 고군분투의 나날이 이어졌다. 내 생각을 설명하는 것도 쉽지 않았고 다른 친구의 작업에 도움이 되는 것도 어려웠다. 6개월은 결코 길지 않았다. 정말 온갖 자괴감과 불안함에 서로를 격려하고 재촉하는 시간이 지나갔다. 부진한 작업속도와 생각만큼 만족스럽지 않은 과정에 예술프로젝트의 '예술'이란 이름마저 부끄럽게 느껴질 지경이었다. 우리를 이끌던 새털샘은 이렇게까지 말씀하셨다. "큰 기대 안 한다.

정말 형편없어도 좋으니 완성만 하자." 그래 완성만…. 완성만이 작업의 유일한 목표였다.

우리는 각자 다양한 방식으로 작업을 이어갔는데, 그중에서 다작을 목표로 했던 재영이는 작업을 시작하고 한 달만에 20분 분량의 영화를 만들어 냈다. 그리고 재영이의 영화를 함께 보는 날, 피드백에 도움을 주기 위해 영화감독인 영혜샘이 왔다. 그날 영혜샘은 자신의 경험을 담아 재영이의 영화에 조언을 아끼지 않았다. 그런데 그 과정에서 재영이는 평소에 보지 못했던 고집과 반발을 드러내며 자기 작업을 변호했다. 자기는 이렇게 만들어 보고 싶었다, 나는 내가 하고 싶은 것을 했다, 고 말이다. 그때 나는 평소와 다른 재영이의 모습에 의아했지만 한때이겠거니, 자존심이 상했겠거니 하고 적당히 모른 체하며 넘어갔다. 하지만 얼마 후, 점점 작업이 진행되자 나는 그때의 재영이의 마음을 이해할 수 있었다.

나는 처음 시작할 때의 의욕이 오래가지 못해 꾸준히 결과물을 가져가지도 못하면서 중간중간 산발적인 아이디어 변경으로 작업을 진행하지 못하는 경우가 많았다. 그럼에도 불구하고 내 작업에 대한 자신감은 넘쳐서 일정에 맞지 않는 과한 계획을 제시하곤 했다. 그럴 때마다 프로젝트원들은 "네가 지금 그럴 때가 아니다"라고 피드백해 주었다. 처음에는 속상했다. 하고 싶은 것을 마음껏 하는 게 예술 아닌가? 그런 말들은 그저 내가 하려는 작업을 막으려는 것으로만 느껴졌다. 그런 마음은 고집과 반발로 나타났고 영혜샘의 피드백을 듣던 재영이의 모습과 비슷했다. 그때서야 알았다. 그런 모습은 선생님의 조언이 고맙지 않아서가 아니라, 그저 어쩔 수 없는 아쉬움 때문이라는 것을. 하지만 계속해서 변호를 하게 되면 어쩔 땐 나를 위한 조언들이 정말로 나를 공격하는 것처럼 느껴지기까지 했다.

이런 상황은 나뿐만 아니라 프로젝트원들 모두에게 한 번씩 드러났다. 그때마다 우리는 상당히 난처했다. 그저 감정으로 해결되는 것이 아님에도 어떻게 해야 할지 알지 못했기 때문이다. 그런 우리들의 모습을 보고 경험이 많았던 영혜샘은 예술가가 그렇게 느끼는 것은 어느 정도 "당연한 것"이라고 말해 주었다. 영혜샘 또한 감독으로서 작업을 하며 상대방의 말이 나를 공격하는 것처럼 느낀 적이 있다고 했다. 그러나 경험이 쌓이면서 그것이 작업의 결과물과 나를 동일시하기 때문에 일어나는 감정이라는 걸 알게 되었다고 했다. 덧붙여 자의식이 모자라면 예술을 하는 것이 힘들겠지만 자의식을 앞세우기보다 다른 사람들이 작품을 봤을 때, 자기 얘기라고 느낄 수 있는 작업을 한다면 더 좋지 않겠냐고 말해 주었다.

영혜샘은 이후로 몇 번 더 예술프로젝트의 모임에 참가한 뒤 피드백을 하는 조언자의 위치가 아니라 함께 시나리오를 쓰며 작업에 대해 고민하는 프로젝트원으로 참여하게 되었다. 영혜샘 역시 함께 작업에 대한 이야기를 나누는 동료가 있는 것이 혼자 작업을 하는 것보다 더 큰 힘이 되었기 때문이다. 영혜샘의 합류는 예상하지 못했지만 그랬기에 더 기쁜 우연이었다.

예술프로젝트 1기 전시회의 제목은 '어쩌다 예술'이 되었다. '어쩌다' 계획에 없던 예술을 시작하게 된 나, '어쩌다' 우리를 만나 함께 작업을 하게 된 영혜샘, '어쩌다' 예술프로젝트로 함께하게 된 동네 친구들. 우리는 '어쩌다' 만나 각자 다른 영역의 작업을 진행했다. 이 경험으로 나는, 우리가 함께 작업을 하면서 분야는 다르지만 그 안에 비슷한 결을 발견했다는 생각을 하게 되었다. 그렇기 때문에 서로 북돋으며 전시까지 해낼 수 있던 게 아니었을까? 우리는 발표가 끝난 이후에도 주기적으로 모임을 가졌고 하반기에도 한 번 더 발표를 할 수 있었다.

새로운 사람들을 만난다는 것

이듬해에도 예술프로젝트는 계속되었다. 2기에 모인 사람들은 1기처럼 알음알음 알고 있던 사람들이 아니라 대부분 예술프로젝트를 통해서 문탁넷에 처음 온 사람들이었다. 나는 새로운 사람들과 만나는 것부터 큰 기대가 되었다. 새로운 사람과 가까워지는 것은 나에게 그다지 어려운 일이 아니었고, 우연한 만남들이 주는 새로운 즐거움을 1기 활동을 통해 경험했기 때문이었다.

이번에도 지난 1기와 같이 사전세미나에서 책을 읽으며 우리는 서로 예술에 대해서 어떻게 생각하고 있는지 알 수 있었다. 예술을 전공하고 있는 사람, 단순해 보이지만 내공이 스며 있는 낙서를 하는 사람, 자유로운 분위기의 예술을 좋아하는 사람, 스스로를 표현하는 예술을 고민하는 사람, 예술에 익숙해져 어느 정도 권태를 느끼고 있는 사람들이 모였다. 나 또한, 예술을 시작했지만 어떤 작업을 이어 가야 할지 모르는 사람으로서 다시 프로젝트를 시작했다.

나는 1기를 해보았기 때문에 우리가 작업을 진행하는 과정에서 부딪힐 일들이 대충 예상이 됐다. 개인들은 각자 자신의 작업에 몰두하는 것만으로도 힘에 부치게 된다. 그러다 보면 앞으로 나아가지 못할 뿐만 아니라 다른 사람의 작업물에도 별다른 피드백을 할 수 없게 된다. 그러나 예술프로젝트는 다른 일을 하던 사람들이 모여서 적극적으로 서로의 작업에 관여하게 될 수밖에 없는 프로그램이다. 자신의 작업과 다른 사람의 작업을 함께 살피기 위해서는 서로 가까워지고 함께 시간을 보내는 것이 가장 중요하다고 생각했다.

2기에는 그림을 그리는 사람들이 많았다. 나는 그들에게 일주일에 한 번 만나는 피드백 시간 이외에도 함께 그림을 그리고 서로 피드백해 주는 시간을 가지자는 제안을 했다. 그렇게 하면 자연스럽게 가까워질 수 있다고 생각했기 때문이다. 그러나 사람들은 생각보다 공동작업 시간 약속을 지키지 않았다. 그렇다고 정기적인 피드백 시간에 결과물을 가지고 오는 것도 아니었다. 내가 해야 하는 일도 벅찬데, 잘 모이지 않는 친구들을 떠올리면 이대로 프로젝트가 잘 마무리될 수 있을까 막막했다.

하루는 피드백 시간에 몇 주째 완성된 작업물을 가지고 오지 못하는 친구에게 이런저런 질문을 했다. '어떻게 작업을 진행하려고 하는 거냐, 진도가 나가지 않는 게 걱정이 된다'고 말이다. 그러자 그 친구는 그림을 그리기는 하지만 어떻게 그림을 완성시켜야 할지 모르겠다며 고민을 털어놓았다. 언제까지 그림을 그려야 하는지, 얼마나 그려야 하는지를 모르겠다는 것이다. 그런데 이것은 이 친구만의 고민이 아니었다. 우리는 대부분이 모두 작업을 어떻게 '완성'시키는지를 알지 못했다. 그런 감 자체가 없었다고 해야 할까. 그때 나는 알았다. 우리 같은 아마추어 예술가들이 단순히 시간을 함께 보내는 것만으로는 프로젝트를 진행시킬 수 없다는 것을. 나는 1기에서 내가 누렸던 즐거움을 반복하길 원했지 프로젝트의 프로세스를 진행하는 방법에는 무지했다는 것을 말이다.

2기를 시작하고 중반을 넘어가면서까지도 나는 달라진 주변의 상황과 나의 상황을 고려하지 않은 채 1기에서의 경험만 믿고 있었다. 1기에서 프로젝트를 진행하며 예상하지 못한 작업을 해 나가게 되었던 것처럼, 2기에서도 새로운 사람들과의 만남 속에서 새로운 활동이 만들어질 거라고. 그래서 서로 친해지면 모든 게 다 될 거라고 막연히 생각했다. 새로운 활동이 되기 위해서는 함께 시간을 보내고 친해지는 게 아니라 서로 일을 진행해 갈 수 있는 관계를 만들어야 한다는 것을 몰랐다.

여러 일들을 함께 진행하는 것

예술프로젝트 2기를 시작하면서 비슷한 시기에 문탁넷의 친구들과 〈길드다〉를 시작했다. 처음 일을 시작하는 것이고, 그만큼 해야 할 일도 많았기에 〈길드다〉 친구들은 내가 예술프로젝트 2기에 참여하는 것에 대해 걱정을 했다. 그만큼 많은 일을 감당할 수 있겠냐는 거였다. 하지만 나는 할 수 있다고 호언장담했다. 예술프로젝트는 나에게 있어 예술을 시작하게 된 계기이고, 계속 작업을 하기 위해서는 작업을 위한 모임이 따로 있는 것이 더 좋다고 생각했기 때문이다. 내가 달라진 주변의 상황을 고려하지 않고 잘못된 기대를 가지고 있었다는 것은 바로 이를 뜻한다. 그 일들이 내가 해낼 수 있는 일인지 알지 못했고, 결국 바뀐 일상에 시간과 체력을 조절하지 못해 펑크내는 일들이 생기게 된 것이다. 한정된 시간과 체력, 그리고 해야 하는 일들. 이것들을 앞에 두고 나의 일 처리 방식들이 여실히 드러나게 되었다.

〈길드다〉의 슬로건은 '함께하는 일과 공부, 삶의 네트워크'로, 각자가 가지고 있는 관심과 능력을 통해 새로운 일상을 만들어 가자는 목표를 가지고 있다. 내 관심과 능력은 바로 '손재주'이다. 처음 〈길드다〉가 만들어졌을 때, 나는 〈길드다〉의 리플릿을 제작했고, 이후로 로고 제작도 해보기로 했다. 내가 생각하는 〈길드다〉와 표현하고자 하는 가치를 고민하며 재미있는 작업을 진행할 수 있을 거라고 생각했다. 그러나 로고 제작은 단순히 내가 생각하는 것을 나타낸다고 되는 것은 아니었다. 로고 작업을 진행하며 〈길드다〉 멤버들과 이런저런 언쟁을 했다. 나의 말과 상대의 말이 어긋나고, 종국에는 왜 이해하지 못하냐고 언성이 높아지곤 했다. 나는 내 작업을 이해받지 못한다고 생각했다. 그때 "왜 이걸 이해하지 못해?"라고 말한 건 어쩌면 "왜 나를 이해하지 못해?"의 다른 말이었을지도 모른다. 그 일로 몇 주간의 시간을 보냈지만 전혀 진척이 되지 않았고, 결국 로고 제작은 나를 도와주던 그래픽 디자이너의 몫이 되어 버렸다.

돌이켜보면 그때 내가 말했던 이해는 내 결과물에 대한 이해가 아니었다. 그때의 나는 로고 작업의 프로세스도 잘 알지 못하고 내 방식을 고집했다. 〈길드다〉 멤버들은 계속해서 작업과정을 알고 싶어 했지만 나는 내가 열심히 하고 있는 것을 인정받으려고만 했다. 그러니 내가 멤버들과 작업프로세스에 대해 제대로 이야기를 나눌 수 있을 리가 없었다. 결국 로고 작업에 있어 내가 해낸 것은 아무것도 없었지만 한정된 시간을 쏟았으니 자연스럽게 다른 활동들에 영향이 가기 시작했다. 본격적으로 예술프로젝트의 전시를 준비해야 할 시기가 되었지만 나는 내가 제안했던 드로잉 모임마저도 가까스로 자리만 지키고 있었다.

내 조건과 능력을, 그리고 이런 상황들을 미리 알았다면 나는 잘 해낼 수 있었을까? 이런 것들을 모두 처음부터 알았다면 좋았겠지만 애초에 모든 일을 처음부터 다 알고 시작할 수는 없는 노릇이다. 내가 일을 얼마나 감당할 수 있는지, 내가 할 수 있는 일들이 무엇인지를 안다면 애초에 시작할 수 있는 일이 없지 않을까? 그러나 나의 문제는 그때까지도 내가 할 수 있는지 없는지를 아는 것보다 함께 일을 해낸다는 것이 무엇인지를 몰랐다는 점이었다.

예술과 일은 다르지 않다

그 문제는 한꺼번에 일어났다. 〈길드다〉에서 처음 열었던 공식적 행사인 청년인문학캠프 '돈 몸 사람'과 예술프로젝트 2기의 전시가 갑작스럽게 함께 진행된 것이다. 행사가 얼마 남지 않은 때 밀려오는 일들 중에서 내가 할 수 있는 일이 별로 없는 것처럼 느껴졌다. 그저 문제만 일으키고 있는 것은 아닐까. 〈길드다〉의 일도, 그리고 멤버십을 만들려고 했던 예술프로젝트 일도 막막했다.

그때 〈길드다〉의 행사와 예술프로젝트 전시 양쪽을 준비하면서 내가 해야 했던 일은 문탁넷이 낯선 예술프로젝트 사람들에게 문탁넷에 대해 설명하고 안내하는 일이었으며, 예술프로젝트의 상황을 〈길드다〉와 잘 공유하는 것이었다. 하지만 나는 스스로를 예술프로젝트 유경험자라고 생각해 주변 사람들을 챙겨야 한다며 느꼈던 의무와, 친구들과 함께 해내야 했던 일의 책임 사이에서 어떤 것도 해결하지 못하고 당장 눈앞의 일들만 해치우기 급급했다. 결과적으로는 무사히 전시를 올려 예술프로젝트의 마무리를 잘 지을 수 있었지만, 그 이면에는 함께 일할 수 있는 관계를 맺는 방법을 모르는 나를 따라 준 프로젝트 사람들과 막바지까지 함께 도와 준 〈길드다〉 친구들이 있었다.

모든 일정이 끝나는 날, 나는 캠프 마무리에서 눈물을 흘리며 말했다. "이곳이 내 현장인 것 같다"고. 현장이란 내가 하는 모든 일들이 일어나고 여러 상황들이 날뛰는 곳이다. 그제서야 나는 예술프로젝트와 〈길드다〉의 일 사이에서 갈팡질팡하며 친구들에게 민폐를 끼친 시간이 나를 알아가는 과정이자 나를 성장시킨 과정이라는 것을 알게 되었다. 나의 무지와 무지에 대한 부끄러움을 깨닫게 하는 곳. 그곳이 나의 현장이 아니라면 무엇일까? 물론 그렇게 말하고 깨달았더라도, 해야 할 것을 제대로 하지 못하고, 단번에 체력과 일정을 잘 조절하게 되는 마법이 일어나지는 않겠지만 말이다.

예술프로젝트 2기의 전시 제목은 '식어도 맛있는 예술'이었다. 결과적으로 보자면 우리는 결국 각자의 작업을 끝내기는 했지만 그 과정이 수월하진 않았다. 특히나 나에게는 일적으로도, 또 작업으로도 그랬다. 하지만 지난한 시간을 보내고 어렵고 막연했던 예술에 대한 생각이 달라진 것처럼, 이제야 내가 바로 지금 하고 있는 일과 공부, 함께하는 사람들과의 관계가 현장이라고 받아들이게 된 것처럼, 그렇게 조금씩 달라질 것 같다.

그러니 지금의 나에게 예술은 현장에 대한 문제의식을 갖게 하고, 삶의 능력을 키울 수 있는 계기이다. 예술이 재미있지만 마냥 마음가는 대로 하는 것이 다가 아니라는 걸, 예술을 하기 위해서는 그 이전에 일을 할 줄 알아야 한다는 것을 알게 되었기 때문이다. 다행히도 그 힘든 시간을 보냈음에도 여전히 작업을 하는 것이 즐겁다. 일이 무엇인지를 배우게 된 예술을 통해서 점점 다른 사람들과 함께 사는 능력을 키우고 싶다.

5.
나의
작업들

천자 중에 한자(2017)

'천자 중에 한자'는 첫 예술프로젝트 전시회
〈어쩌다 예술〉에서 발표한 작업이다.

처음 작업을 계획할 때 이전에 공부했던 '천자문 세미나'가 도움이 되었다.

나는 주로 특정 '개념'을 어떻게 표현할지 구상했다. 구체적으로 계획을 하기 전에 나의 아이디어를 동료들에게 이해시켜야 했는데, 나에게는 그 과정이 가장 어려웠다.

'절세미인' 도안(위)과 작업 결과물인 티셔츠(오른쪽 위) '흥청망청' 도안(아래)과 작업 결과물인 티셔츠(오른쪽 아래)

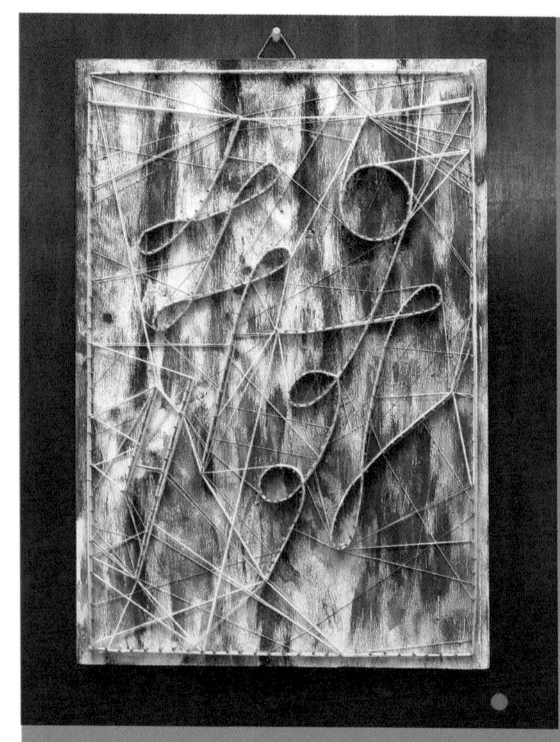

연

사람들의 관계를 여러 못들에 여러 갈래로 연결된 실로 표현하면서도 한자의 형태를 볼 수 있도록 했다. 단색 배경이 아니라 부분적으로 색을 칠해 물드는 효과를 주려 했다.

청

'청'(聽)의 듣는다는 의미를 표현하기 위해 음표를 이용했다. 흑묵보다 연한 청묵을 이용해 같은 평면 속에서도 입체감을 주려 했다.

무

어떻게 하면 무(無)의 '없다'는
의미를 보여 줄 수 있을지를
고민했다. 다양한 색으로
주변을 채우면서도 중앙 부분을
단절시켜 직관적으로 '없다'의
의미를 느낄 수 있도록 했다.

용

아크릴 안쪽에 깨진 거울을
붙여 관객이 직접 자신의
얼굴을 바라보는 체험적
요소를 더했다. 거울 속 얼굴을
바라보면 얼굴에 아크릴 뒷판에
칠한 다양한 색이 함께 겹쳐
보인다.

소모임들(2018)

small clubs

'소모임들'은 〈길드다〉의 제품생산프로젝트인 '공산품'(共産品)에서 하게 된 작업이다.
나는 이 작업을 사람들에게 이렇게 소개했다.

"누구나 다른 사람들과 나누고 싶지 않은 것들이 있습니다.
감정, 마음, 모습.
이것에 자유로워지기 위해서는 혼자만의 문제가 아니라는 것을 알아야 합니다.
'소모임들'은 같은 마음을 가진 사람들을 알 수 있는 단서를 만듭니다."

'소모임들'_소개문구

이 즈음, 어떻게 하면 예술을 통해서 소통할 수 있을지 고민이 많아졌다. '소통'이 바로 예술이 가지는 큰 가치라고 생각했기 때문이다. 어떻게 하면 예술을 통한 소통을 이루어지게 할 수 있을지를 생각했다. 그러다 부정적인 감정을 완화하기 위한 방식을 떠올리게 되었다.
나는 권태, 외로움, 시기, 열등감과 같은 부정적인 감정은 스스로를 고립되게 만든다고 생각했다. 그것을 해소하기 위해선 조심스럽게 나와 같은 다른 이를 알아차릴 수 있도록, 외로운 사람들, 권태로운 사람들을 드러내 주고 서로 알아보게 만들고 싶었다.

그래서 그 감정에 대한 원화를 작업해, 다양한 상품에 적용시켜 서로를 알아볼 수 있는 일종의 '단서'를 만들어 보기로 했다. '소모임'은 상대와 내가 같은 마음을 가지고 있다면, 우리는 하나의 모임에 속해 있다는 의미로, 상대와 내가 느끼는 유대감을 비유한 말이고, '단서'란 말 그대로 서로를 알아차릴 수 있는 요소를 말한다.
그 방법으로 나는 일상생활 속에서 쓰이는 물품들에 내가 그린 원화를 입혔다. 그 물품을 통해서 소모임의 일원이라 느끼며 서로를 알아차릴 수 있기를 바랐다.

공산품 소모임들 피드백(왼쪽)과 공산품 구상(오른쪽)

권태로운 사람들의 모임

Do Nothing Club

내가 떠올린 권태의 이미지는 허무한 눈빛으로 주변을 살피는 '눈'이었다. 나방과 벌레들의 모티브는 이상의 수필「권태」에서 얻었다. 이상은 하루하루 매일 같은 날을 보내는 것에 지겨워하며 잠에 든다. 초를 끄기 전, 스스로 촛불에 뛰어드는 나방을 바라보며 열정 없는 자신과 비교한다. 촛불이 꺼진 캄캄한 방은 마치 우주와 같았고, 자신은 나방보다도 못한 한 톨의 먼지라고 느낀다. 마치 그 방 안에 갇혀 있는 듯한 그의 모습을 반복적이고 화려한 만화경 패턴으로 표현했다.

'권태' 초안과 과정 컷 그림

원화로 만든 패턴

외로운 사람들의 모임

Empty Hearts Club

내가 떠올린 '외로움'의 이미지는 자신을 돌아보지 않고 다른 사람의 것을 원하는 '손'이었다. '외로움'은 많은 사람들 속에서 스스로가 동떨어져 있다고 느끼는 감정이다. 그런 사람들일수록 다른 사람의 모습을 원한다고 생각했다. 레이스는 사람마다 다른 모습을 나타낸다. 도장이 찍혀 있는 손들은 '소모임들'의 구성원으로, 그 레이스를 잡고 싶어 하거나, 혹은 가만히 관찰하고 있는 여러 사람의 손을 통해서 외로운 사람들을 표현하려 했다. 그들은 다른 사람들의 레이스를 원하지만 이미 모두 자신만의 모습을 가진 손을 지니고 있다.

마그넷 책갈피

휴대성 좋은 카드거울

마우스패드

예술프로젝트 전시회 모습

첫번째 전시 및 발표(위 왼쪽), 두번째 전시회(위 오른쪽), 세번째 쇼케이스 포스터와 전시회(아래)

에필로그

'다른' 우리의 탄생

근 1년간 나는 크고 작은 이별을 맞았다. 3년 동안 해왔던 어린이 낭송서당 프로그램을 그만두었고, 2년간 해왔던 고전대중지성 세미나를 끝냈으며, 소중한 친구 한 명을 떠나보냈다. 이 책의 원고를 쓰는 작업도 내가 마무리하게 된 일 중 하나이다. 한동안 나는 공부 초심자에게 찾아올 법한 고난을 충분히 겪었다고 생각했다. 이 책의 원고를 다 쓰고 돌이켜보니 큰 난관은 모두 지나갔다고 생각한 지난날의 내가 안쓰럽게 느껴진다. 반년이 넘게 나는 글쓰기의 리듬을 타지 못했고, 내가 쓴 글을 다시 들여다보고 싶지 않은 상태로 지냈다. 함께 글을 쓴 지원과 동은도 나름의 쉽지 않은 과정을 거치지 않았을까? 언뜻 보면 별것 없지만 찬찬히 뜯어 보면 특별한, 그래서 평범하기도 한 청년 세 명이 자신의 이야기를 푸는 건 쉽지 않았다.

글쓰기가 이렇게 어려웠던가

이 책의 원고는 네다섯 번의 계절이 바뀌고 나서야 완성되었다. 글 한 편이 완성되기까지 약 한 달이 넘게 걸렸다. 글을 쓰는 시간만큼 함께 글을 피드백하는 시간도 길어졌다. 중학생과 인문학 수업을 했던 경험을 토대로 글을 쓰는 명식, 그리고 문탁네트워크의 책 출간을 담당하시는 선생님 두 분과 함께 매주 글을 봤다. 처음 회의를 할 때까지만 해도 이 모임이 어디로 흘러갈지 전혀 알 수 없었다. 나는 스스로 부족하다고 생각해서 책을 내고 싶지 않았고, 동은은 책에 쓸 만한 특별한 이야기가 없는 것 같다고 걱정했으며, 지원은 혼자서도 책 한 권을 써 낼 수 있다며 자신만만해 있었다.

물론 원고를 쓰기 시작했다고 드라마틱한 변화가 생긴 건 아니었다. 다만 우리는 글을 쓰는 내내 반복되는 문제를 통해 서로 처해 있는 현 상태를 확인할 뿐이었다. 내 글은 한 주제로 정리가 잘 되지 않았다. 생각은 많은데 정리를 잘 못하는 나를 꼭 닮아 있었다. 내게 가장 어려웠던 건 사건에 의미를 부여해 논리적으로 정리하는 것이었다. 이는 내가 생각할 때 논리적이지 않다는 것, 잦은 비약이 일어난다는 것, 선후를 꼼꼼히 따지지 않는다는 것을 잘 보여 줬다. 글 한 편을 쓸 때마다 한두 달간 퍼즐하듯이 글의 구조 위에 생각을 끼웠다-뺐다 늘렸다-줄였다 했다. 이렇게라도 하지 않으면 내 글은 차마 글이라고 부를 수도 없이 지저분했기 때문이다. 한동안 글을 쓰고 나면 글은 내 손가락에서 나온 직후부터 나를 앞서갔고, 생각은 그 뒤를 좇았다.

지원의 글은 서론이 길었고 후반부에 가서 자주 막혔다. 강의할 때 앞부분에서 많은 시간을 쓰느라 주어진 시간을 훌쩍 넘어가는 평소의 습관과 크게 다르지 않았다. 이 모임 이전에 다른 팀에서 잠시나마 책을 준비했던 지원은 원고 쓰기를 만만하게 봤다고 고백했다.

"길게 글을 쓰는 편이니까, 3주에 글 한 편 쓰면 되겠거니 생각했지. 써보니까 얘기는 재밌게 잘한대. 근데 이게 이전의 얘기와 뭐가 다르냐는 질문을 많이 받았지. 디테일에 가면 약해진다는 걸 깨달았어. 또 그렇게 보면 하고 싶은 얘기가 많았다곤 하지만 전부 하나의 주제일 수도 있는 것 같고…."

분명하지 않은 문제의식, 풍성하지 못한 이야기에 대한 한계는 나나 동은도 함께 느꼈던 것이다. 그러나 동은이 한계에 부딪히면서 깨닫게 된 것은 나와 지원이 느낀 것과는 또 달랐다. 동은은 〈길드다〉에서 활동을 할 때에도 원고를 쓸 때에도 비슷한 문제를 겪고 있다는 걸 알게 되었다고 말했다.

"나는 상황을 남들과 다르게 하나하나 면밀하게 본다고 생각했어. 그런데 오히려 뭉뚱그려서 상황을 봤다는 걸 알게 됐어. 내 이야기가 풍성하지 못해서 어려움에 처했을 때 오히려 다른 사람들이 내 글에 살을 덧입혀 줬지. 어쩌면 내가 글을 쓸 때나 일을 할 때 앞선 상황이 연결되지 않는다는 이야기를 듣는 게, 내가 상황을 분절적으로 보기 때문이겠구나, 싶더라고."

내 글이지만
내 글은 아닌 이 글

각자가 자신의 한계를 확실하게 느끼고, 또 글쓰기가 계속 힘에 부쳤음에도 불구하고 원고가 나올 수 있었던 건 함께 글을 봤던 피드백 시간 덕분이다. 우리는 맞춤법과 문법을 종종 틀렸기 때문에 서로의 글을 봐주면서 글쓰기의 기초를 익혔다. 그러나 논리적이지 않은 전개나 알아듣기 어려운 문장에선 글쓴이의 미흡한 실력뿐 아니라 정리되지 않은 생각도 엿볼 수 있다. 우리는 문법을 확인하는 시간보다 더 많은 시간 서로에게 이 단어를 혹은 이 문장을 왜 썼는지, 무슨 이야기를 하고 싶은 건지 물었다. 다함께 엉켜 있는 실타래를 들고 이렇게도 풀어 보고 저렇게도 풀어 본 셈이다.

1년이 넘게 걸렸던 원고 작업은 각자의 한계를 명확히 마주하고 그것과 고군분투하는 과정이었다. 그리고 동시에 함께 이야기를 만들어 내는 과정이기도 했다. 원고 작업의 막바지에 이른 우리는 이 작업이 결코 사적인, 나만의 글쓰기가 아니었다고 입을 모아 말한다. 괜찮은 결과물을 냈는지, 좋은 글을 썼는지 우리에게 묻는다면 아무도 자신있게 그렇다고 대답하지 못할 것이다. 그러나 글을 쓰는 과정이 괜찮았는지, 글쓰기가 생산적이었는지 묻는다면 누구나 그렇다고 대답할 수 있을 것이다. 동은은 처음 글을 쓰게 되었을 때 '나만의 글'을 쓴다고 생각했다. 그도 그럴 것이 생각이나 경험은 다른 누구도 아닌 나만의 것처럼 느껴지기 때문이다. 그러나 피드백을 통한 글쓰기는 동은이 생각했던 것과 조금 달랐다.

> "처음에는 내 이야기를 쓰는 거니까 그저 '내가 하고 싶은 얘길 쓰면 되지' 생각했던 것 같아. 그런데 나중에는 생각이 좀 바뀌었어. 피드백 시간에 같이 나눴던 이야기만이라도 충분히 담을 수 있게 써 보자 싶었지. 피드백 받은 내용이 내 이야기와 아주 다르지 않을뿐더러 그것을 충실히 쓰는 것만으로도 신기하게 내 글이 완성되더라고."

우리가 더듬더듬 글을 써 가면서 했던 건 가지고 있었던 생각을 찬찬히 보며 정리하고, 다음으로 나아갈 수 있는 질문을 하나 던지는 것이었다. 피드백을 함께하면서 서로의 정리되지 않은 생각을 대신 포착해 주기도 하고, 어떤 생각은 협소하다고 일러 주기도 했다. 그런데 글 피드백을 통해 자극을 받고 고민하게 되는 이는 꼭 글의 당사자만이 아니었다. 우리 셋을 포함한 명식과 두 선생님 모두는 사건을 이해하고, 서사를 구성하고, 질문을 던지는 일에 함께했다. 그러니까 글 피드백을 통해 내가 혹은 우리가 이 사건을 어떻게 생각할 것인가, 어떤 의미를 찾아낼 것인가에 대한 작업을 공동으로 수행한 셈이다. 지원은 내가 쓰다가 그만둔 연애에 관한 글을 함께 보며 많은 걸 느꼈다고 했다.

"고은이 많이 울면서도 연애에 관한 글을 밀고 나가려다가 결국엔 드랍하기로 했잖아. 돌이켜보면 그 순간에 모두가 그렇게 하자고 생각했다는 게 신기한 것 같아. 아마도 글을 쓰다가 길을 잃는 모습을 봤었고, 또 글을 몇 차례 읽으면서 고은의 상태를 느낄 수 있었기 때문일 거야. 피드백하는 자리에 계속 같이 있었던 사람이 아니라면 왜 우리가 함께 그만 쓰기로 결정했는지 이해하기 어렵겠지?"

그렇게 탄생한 글들은 실제로 '나만의 글'이 되지 않았다. 같이 겪었던 일들을 글로 쓰기 위해 피드백을 하는 과정은 그 일에 대해 함께 정리해 나가는 시간이 되기도 했다. 내가 썼던 〈길드다〉의 회계에 관한 글은 지난 1년간 〈길드다〉가 해낸 일이 무엇이었는지 확인하고, 막막하게만 느껴졌던 돈을 벌고 쓴다는 문제에 대해 환기하는 역할을 했다. 지원의 글을 읽으면서 나는 그를 조금 더 이해하기도 했다. 지원을 만난 지 햇수로 6년이 넘었지만 오래도록 그를 잘 이해하지 못했고, 우리는 때때로 서로에게 날을 세웠다. 상대의 이해하기 어려운 부분은 말로 들을 때보다 글로 볼 때 훨씬 도드라져 보였다. 결국 꽤 오랫동안 정기적으로 그의 글을 뜯어 읽다 보니 지원이 가진 생각의 흐름을 비로소 이해하게 되었고, 그러자 관계가 이전보다 유연해지는 건 순식간이었다.

다른 이십대의 탄생?

'다른 이십대의 탄생'이라는 제목으로 글을 쓰기 시작했지만 막상 써 놓고 보니 이 제목이 우리의 글에 적절한가? 하는 의문이 남는다. 우리는 글을 쓸 때 스스로가 '이십대'라는 점을 크게 염두에 두지 않았다. 오히려 '이십대'에게 부여되는 캐릭터—열정이 넘치고, 한곳에 잘 머무르지 않으며, 어딘가 미숙하며, 무책임한 캐릭터—를 부담스러워하는 쪽에 가까웠다. 그러나—우리의 선호와는 별개로—우리는 이제 막 스스로의 삶에 책임을 지기 시작했지만 경험은 아직 부족한 청소년과 중년 사이의 어딘가에 위치해 있다. 또 정규직보다 프리랜서가 더 많고, 대학 진학률이 매우 높으며, 공무원이 제일 좋은 직업인 시대를 2n살로 보내는 중이기도 하다. 그렇기 때문에 이 책은—우리의 의지와는 별개로—20대의 이야기라고 할 수 있을 것이다.

그렇다면 '탄생'이란 단어는 어떨까? 개인주의적인 삶의 방식에 익숙했던 지원은 새로운 감각을 익히게 됐다고 말한다. 밀도 높게 부딪혀 결과물을 냄으로써 실질적으로 다른 이들과 '함께한다는 것'이 무엇인지 이제야 조금 알 것 같다는 것이다. 동은은 상상조차 하지 않았던 일을 해왔듯이 앞으로도 어떻게 살게 될지 전혀 모르겠지만, 글을 쓰면서 앞으로 어떻게 살아야 할지 조금 알게 된 것 같다고 말한다. 여태까지 자신을 변화시켰던 것이자 앞으로도 그에게 지침이 되어 줄 것이 어떤 일에 대한 자신의 '태도'라는 것을 확인하게 되었다는 것이다. 나는 그동안 이기적이라 생각해서 잘 시도하지 않았던 '나' 혹은 내가 겪었던 일에 대해 생각을 정리해 볼 수 있었다. 나에 대한 정리는 도리어 사람들과 이야기를 나누는 데 도움이 되었다. 요즘은 종종 글을 쓰거나 대화를 나눌 때 물 흐르듯 이야기가 전개되어 놀라곤 한다.

그러나 원고를 마무리 짓기 전에 하나 털어놓아야만 하는 것이 있다. 원고 쓰기를 시작했을 때나 막 진행되고 있었을 때와 마찬가지로, 작업이 다 끝난 후라고 엄청난 변화가 있었던 건 아니다. 원고 작업이 늦어지거나 다른 일정이 바빠 뒷전으로 밀렸을 때, 함께 글을 보던 선생님들은 진담과 농담을 반반 섞어 이렇게 말했다. "다른 이십대 탄생하기 정말 어렵네!" 나는 대부분의 경우 생각 정리하는 걸 어려워하고, 지원은 여전히 서문을 길게 써 오고, 동은은 종종 지각을 한다. 이렇게 놓고 보면 이 책의 제목이 '다른 이십대의 탄생'인 것이 조금 창피하기도 하다(심지어 글쓴이 모두가 이십대 후반이 되었고 그중 한 명은 곧 서른이 될 것이다). 그러나 우리가 앞으로도 새롭게 탄생하기 위해서, 무언가가 되기 위해서 공부하고 글을 쓰리라는 것은 의심할 여지가 없어 보인다. 그것이 과거와는 '다른', 요구되는 통념과는 '다른' 삶을 살게 한다는 것을 알아 버렸기 때문이다.

때때로 모든 것이 완벽해지는 지점에 도달하기를, 더 이상 모험을 하지 않을 수 있기를 꿈꾼다. "저는 '다른 삶'을 살고 있답니다." 그러나 '다른 삶'

이란 것은 도달할 수 있는 목표는 아닌 듯하다. 기준을 무엇에 두느냐에 따라 계속해서 달라질 수 있기 때문이다. 오히려 다르다는 것은 제자리에 머물러 있는 실체이기보단, 계속 움직이고 변하는 운동에 더 가까워 보인다. 그래서 우리는 공부하고 글을 쓰면서 작은 소망을 하나 가져 보기로 했다. "지금, 어제와 같은 자리에 머물러 있는 게 아니기를!"

김고은